PESSIMA REPUTAZIONE

CATTIVA CONDOTTA - 2

JESSA JAMES

Pessima reputazione: Copyright © 2020 di Jessa James

Tutti i diritti riservati. Nessuna parte di questo libro può essere riprodotta o trasmessa in alcuna forma con nessun mezzo elettronico, digitale o meccanico, incluse, ma non solo, attività quali fotocopie, registrazioni, scanner o qualsiasi altro tipo di raccolta di dati e sistema di reperimento di informazioni senza il permesso esplicito e scritto dell'autore.

Pubblicato da Jessa James,
James, Jessa
Pessima reputazione

KSA Publishing Consultants, Inc.

Cover design copyright 2017 by Jessa James, Author
Design Credit: BookCoverForYou

Nota dell'editore:
Questo libro è stato scritto per un pubblico adulto. Questo libro potrebbe contenere scene sessuali esplicite. Le attività sessuali incluse nel libro sono pure fantasie per adulti e ogni attività o rischio corso dai personaggi della finzione nella storia non è né approvato né incoraggiato dall'autore o dall'editore.

1

Emma

Mi rannicchio tra le lenzuola spiegazzate e strillo come una bambina. Non è un pianto piacevole alla vista – anche se dubito che una cosa del genere esista. No. Piango lacrime amare, la faccia mi si fa rossa e gonfia, col muco che mi cola dal naso. E non lo faccio in silenzio. Piango con la faccia premuta contro il cuscino, ansimando sonoramente.

Mi sento abbandonata. Continuo a ripetere nella mia mente quello che mi ha detto Jameson, lì, in piedi su quella soglia.

"La nostra non è mai stata una relazione! Al più, è stata un'avventura. È ora è finita!"

Era la cosa più crudele che potesse dirmi. Perché su una cosa ha ragione... non abbiamo mai definito questa cosa che c'era tra di noi, non le abbiamo mai dato un nome. Chiaramente, ciò che io ritenevo meraviglioso, fuori da questo mondo, per lui non era nient'altro che una semplice *avventura*.

Forse Asher ha ragione. Forse Jameson è veramente un tipo da lasciar perdere, uno che usa e getta via le donne come fossero carta straccia.

Guardandolo negli occhi, non mi era mai sembrato che fosse così, ma... ora comincio ad avere ripensamenti su ogni singolo istante passato insieme, su ogni pensiero, su ogni impulso provato.

Ripenso ad Asher, alla sua stupida regola, al modo in cui controlla Jameson. È chiaro che mi mancano dei pezzi della loro amicizia, Jameson è così devoto nei confronti di Asher... e Asher sembra non accorgersene nemmeno.

Le lacrime si fermano, almeno fino a quando non mi ricordo che ho avuto un ritardo. In qualche modo, in tutta la follia scaturita dalla nostra rottura, sono riuscita a dimenticarmi completamente della cosa più importante di tutte.

Potrei essere incinta del figlio di Jameson.

Le possibili ramificazioni di questo fatto mi riecheggiano nel cervello. Non so nemmeno come gestirle. L'incertezza mi sta uccidendo.

Così mi trascino fuori dal letto, mi infilo un paio di pantaloni da yoga scuri e un'ampia maglietta con su scritto GUCCI. Sono sicura di avere ancora la faccia gonfia, e con questi vestiti indosso, male assortiti e tutti sgualciti...

Ma almeno ora ho smesso di piangere. Mi infilo un paio di Converse blu scure e apro la porta della mia camera.

Sorprendo Evie, in piedi sulla soglia, con il braccio sollevato. Stava per bussare. Indossa un paio di jeans e una felpa col cappuccio piuttosto larga con su scritto *Hilary 2016*.

"Ehi..." mi dice, gli occhi sgranati. "Pensavo di averti sentita che piangevi. Sembri... non stare molto bene."

Mi guardo, e il mento comincia a tremarmi di nuovo. Gli occhi mi si riempiono subito di lacrime. Scuoto il capo.

"Mi ha mollata... e potrei essere incinta," dico con voce tremante mentre mi abbandono di nuovo alle lacrime.

"Ehi, ehi," dice Evie corrucciando la fronte. Mi abbraccia e mi stringe forte. "Su... vieni con me in cucina."

Mi lascio guidare lungo il corridoio e fino in cucina. Evie mi fa sedere al tavolo e mi dà uno straccio pulito. Lo uso per asciugarmi il viso. Mi sento stupida.

"Preparo un po' di tè alle erbe, eh, che ne dici? Intanto tu comincia a raccontarmi cos'è successo."

Riempie il bollitore con l'acqua. Io sono seduta su una delle nostre sedie, provando a controllarmi e cercando di non piangere. Evie non fa ulteriori pressioni. Apre lo sportello, prende due tazze, due bustine da tè e si dà da fare come se io non fossi nemmeno presente.

Per qualche motivo, tutto ciò mi fa calmare. Almeno un po'. Chiudo gli occhi e, per qualche minuto, mi concentro esclusivamente sul mio respiro. Poi il bollitore emette un fischio lungo e acuto. Quando riapro gli occhi, Evie sta versando l'acqua bollente nelle due tazze.

"Tieni, una camomilla agli agrumi," mi dice poggiando la tazza sul tavolo. "Vedrai quant'è buona. È molto confortante. Io sono settimane che ne bevo a litri."

Afferro la tazza calda con entrambe le mani. Sbircio dentro e vedo un bocciolo giallognolo che sboccia sul fondo. Strizzo gli occhi. Provo a elaborare quanto mi ha appena detto Evie, su tutta la tisana che ha bevuto negli ultimi tempi cercando di confortarsi...

"Quindi... vuoi parlarmi della vostra rottura? O preferisci cominciare con la gravidanza?" dice Evie con fare impassibile. Distoglie un attimo lo sguardo. "Aspetta, cominciamo dalla rottura."

La guardo confusa, ma lei si limita a soffiare sulla sua tazza di tè. "Uhm... va bene..."

Mi studia con occhi affettuosi. "Scommetto che è stata un'idea di Jameson?"

Mi asciugo una lacrima e annuisco. "Sì..."

"Ha senso. È un bastardo, lo è sempre stato."

Quelle sue parole mi spingono a emettere un suono a metà strada tra una risatina e un grugnito.

Evie si prende un momento per immergere la sua bustina di tè un altro paio di volte e poi fa un altro sorso. "Mhmm. Va bene. Quindi. Da quant'è che andate a letto insieme?"

Mi schiarisco la gola rigirandomi la cordicella della bustina di tè tra le dita. "Un mese, più o meno. Forse qualcosa di più."

"Ed era una cosa seria? Voglio dire, certo che era una cosa seria, guarda come sei conciata. Ma tipo... vi dicevate... che eravate fidanzati, o... che vi amavate?"

Scuoto il capo, incapace di staccare gli occhi dal tavolo "No."

Lei arriccia il naso con aria pensosa. "Ma tu provavi qualcosa per lui, immagino."

"Sì. Insomma, di certo pensavo che..." Faccio una pausa per raccogliere i miei pensieri. "Mi sembrava di aver trovato una persona che, semplicemente... mi capisse. Non lo so. Forse si prova la stessa cosa per tutti quelli con cui si fa sesso, ma..."

"Aspetta, lui è stato il primo?" mi chiede Evie. Solleva le sopracciglia. "Cacchio, ragazza."

Resto in silenzio per un lungo minuto, sorseggiando il mio tè. È confortante, è vero, il sapore di agrumi e il profumo di erbe.

"Sono anni che amo Jameson," ammetto infine. Dirlo ad alta voce a qualcuno mi dà sollievo, almeno in parte. "Tipo, sin da quando ero grande abbastanza per fare dei sogni erotici. Ho sempre pensato che, un giorno o l'altro, saremmo finiti insieme. È da quando ho quindici anni che aspettavo di concedermi a lui e donargli la mia verginità, ancor prima di sapere cosa tutto ciò comportasse."

Evie sgrana gli occhi in un modo quasi comico. "Aspetta. Tu ti stavi... *preservando* per lui?"

Faccio spallucce e arrossisco. "Sì, è così. Voglio dire, negli ultimi due anni non l'ho fatto in modo intenzionale. Ma quanto ho cominciato a recepire certi segnali da lui, beh... volevo veramente, veramente che succedesse."

"Emmmmmmaaaa," dice Evie, entusiasta. "Non riesco a credere che tu provi qualcosa per lui da così tanto tempo. E non posso credere che io non ne sapessi niente."

Mi mordo il labbro e sollevo una spalla. "Non importa, grazie ad Asher."

Lei drizza leggermente la schiena. "Asher? Che c'entra Asher con tutto questo?"

"Asher ha stabilito questa stupida regola un secolo fa. Ha detto a Jameson, Gunnar e Forest di non venire a letto con me. Anzi, a Gunnar ha detto più e più volte di farsi da parte, perché Gunnar è..." Cerco la parola giusta.

"Una zoccola?" dice Evie sorridendo.

"Sì. Ad ogni modo, quella regola esiste sin da quando mi sono spuntate le tette, penso. Perché ovviamente io non sono in grado di decidere da sola con chi andare a letto. Se non fosse stato per quella regola, sarei andata a letto con tutti i ragazzi del paese!" dico sarcastica. "E, allo stesso tempo, Asher non aveva nessunissima regola per lui, e così poteva uscire o andare a letto con chiunque."

Evie guarda il tavolo con aria assente. "Non sembra giusto."

"Grazie! No, non lo è." Mi appoggio allo schienale della sedia provando a cercare la mia giusta indignazione, ma non la trovo. La tristezza è troppa, e tutte le altre emozioni sono non pervenute.

"Quindi... ora sei pronta per parlare di quell'altra cosa?" mi chiede lei con gentilezza.

Il solo pensiero mi fa battere forte il cuore. Annuisco lentamente. "Sì, penso di sì. È che... ho la spirale."

Lei inclina la testa da un lato. "Eppure pensi lo stesso di essere incinta."

Gli occhi mi si riempiono di nuovo di lacrima. Mi sento patetica. "Sì."

Evie mi guarda per un minuto. "E penso che questa cosa non ti renda esattamente felice, eh?"

Bevo un sorso di tè, per restare calma. Poi inspiro. "Voglio dire, ho dei sentimenti contrastanti. Da un lato ce la me quindicenne che grida per la felicità. Sono dieci anni che amo quel ragazzo, e ora sto per partorire suo figlio? Insomma... la cosa migliore del mondo, in un senso abbastanza egoistico."

Lei contrae le labbra. "E dall'altro lato?"

"Beh, i problemi sono doppi. Anzitutto, dubito che la me quindicenne sarebbe contenta di sapere che Jameson l'ha mollata. E, secondo, io sono ancora a scuola! Durante l'anno non faccio altro che studiare e andare a lezione, da quando mi sveglio a quando la sera vado a dormire. Tutto qui. Non ho tempo per nient'altro. Aggiungere un bambino a questa situazione... la ricetta perfetta per il disastro."

"Senza dubbio. Voglio dire, potresti gestire le due cose, ma non ti piacerebbe farlo, forse."

"Esatto. Ma... c'è pur sempre una piccola parte di me che è tutta contenta all'idea di avere un bambino. Il nostro bambino sarebbe meraviglioso, già me lo immagino. Tipo, hai mai visto le scarpette per i neonati? Sono la cosa più adorabile del mondo. E già ci vedo quando lei crescerà... io che la vesto per la sua prima recita a scuola..."

Lascio la conversazione in sospeso per un minuto, sognando a occhi aperti fiocchi per capelli e quant'altro. Nella mia mente, Jameson è lì con me, perché penso che se sapesse che sono incinta, insisterebbe per sposarmi.

Ci penso su. È da pazzi pensare una cosa del genere? Molto probabilmente sì.

Si schiarisce la gola. "Voglio dire, sembra veramente bello."

Scuoto il capo. "Penso di stare semplificando in modo esagerato una situazione che tutto è tranne che semplice. Se fossi veramente incinta, e decidessi di tenere il bambino, le cose tra me e Jameson sarebbero, beh... complesse è un eufemismo."

"Beeeeeh..." dice lei. "Non sai nemmeno se c'è ragione di preoccuparsi. E c'è un modo piuttosto semplice di scoprirlo. Quindi... innanzitutto pensiamo alle cose più importanti."

Sospiro. "Non abbiamo nemmeno un test di gravidanza in questa casa."

Evie si alza in piedi. "Ma certo che ce l'abbiamo. Lo so io dove sono. Tu ora pensa a bere il resto di quel tè, è un ottimo diuretico."

La guardo strizzando gli occhi, ma lei è già uscita dalla stanza. Finisco di bere il mio tè, che già si stava raffreddando, ed esco in corridoio. Lei mi viene incontro uscendo dalla sua camera da letto.

"Tieni," mi dice consegnandomi il bastoncino avvolto nella plastica. "Fai la pipì su quest'estremità e aspetta per due minuti. E poi sapremo che cosa succedendo."

Prendo il test. Mi acciglio. "Come funziona? Insomma, come faccio a sapere se ci ha preso?"

"Questi affari sono accurati tipo al 95%. Facci la pipì sopra e poi vedremo se c'è qualcosa di cui dobbiamo preoccuparci."

Faccio un respiro profondo e vado in bagno. Faccio quello che devo fare alla svelta e poggio il bastoncino sul lavandino. Apro la porta del bagno. Evie è appoggiata al muro.

"Fatto?" mi chiede.

"Sì, ora devo solo aspettare." Guardo il test.

Nel mio cuore, non so decidermi su quale risultato sperare.

Se è positivo, allora la vita per come la conosco è finita. Su questo non ci sono dubbi. Dovrò ritirarmi dalla facoltà di legge. Dovrò sorbirmi tutti gli sguardi arrabbiati e delusi dei miei familiari. E, cosa ancora peggiore, dovrò dirlo a Jameson.

D'altro canto, però, sarei una bugiarda se dicessi che la cosa non mi entusiasmi neanche un po'. Avere un figlio è una grossa responsabilità, ma sarebbe il bambino di Jameson. Avrei un pezzettino di lui, accada quel che accada.

"Emma, penso che ora tu possa controllare," dice Evie con voce gentile.

La guardo. Non sono mai stata così nervosa in vita mia. Con le mani che mi tremano, afferro il test. Faccio un respiro profondo e poi guardo.

È negativo. Guardo Evie, e sento già le lacrime di sollievo che mi riempiono gli occhi.

"Negativo," dico appoggiandomi al lavandino. "Chiudo gli occhi. "Oh, Dio. Grazie al cielo."

"Bene, bene," mi dice Evie venendo ad abbracciarmi da dietro. "Ora la tua vita non dovrà cambiare."

Poggio il test e mi giro per abbracciarla come si deve. Affondo la faccia nei suoi capelli neri e faccio un respiro profondo. "Grazie per essere sempre al mio fianco."

"Ma certo," mi risponde lei con semplicità. "A questo servono le amiche."

"Lo sai a cos'altro servono? Ordinano una bella pizza quando la loro amica si lascia con il fidanzato."

Si mette a ridere. "È un po' presto per la pizza. Che ne dici se invece ci prepariamo due belle omelette, eh?"

Le sorrido. "Va bene. Affare fatto. Ma prima della fine della giornata voglio pizza e gelato. Ho voglia di mangiare, oggi."

"Va bene."

Evie va in cucina e io getto il test nel lavandino. Sono ancora un po' triste, e sono sicura che questa tristezza continuerà ad andare e venire...

Ma almeno non sono incinta. Le cose potrebbero andar peggio di così.

2

Jameson

n mese dopo

INCHIODO con la jeep e digrigno i denti all'indirizzo della persona che sta facendo retromarcia dal parcheggio di fronte a me. La macchina è una Buick e al volante c'è sempre dubbio un vecchio, ma non riesco a non irritarmi.

Ad essere onesto, sono sempre irritato questi giorni. Dopo aver rotto con Emma, sono riuscito a passare un po' di tempo insieme ad Asher e a lamentarmi della mia vita per circa un'ora, ma poi lui è sparito, e ancora non si è fatto rivedere.

E non ho notizie nemmeno di Emma – ma non la biasimo di certo. Non ci siamo lasciati esattamente in modo amichevole. Non è stato facile, per nessuno dei due.

Faccio manovra, parcheggio e scendo dalla macchina. Al

Cure abbiamo finito gli agrumi, e così eccomi qui, a cercare un carrello per fare la spesa. Quando ne trovo uno, entro nel supermercato e vado subito a destra, verso il reparto frutta e verdura.

In questo posto hanno prodotti di ottima qualità e che costano poco. Ci sono tonnellate di verdure verdeggianti, tutte infilate dentro a dei frigoriferi neri che ogni tanto nebulizzano. Mi dirigo verso le ceste con gli agrumi e prendo un po' di limoni, lime, arance e pompelmi.

Poi ci ripenso e prendo una cassetta per ogni tipo di agrume di cui abbiamo bisogno. Lancio un'occhiata alla frutta. Ho altre cose da comprare, e così spingo il mio carrello in avanti.

Non riesco a smettere di pensare ad Emma. Penso a lei quando sto al supermercato. Quando vado al cinema. Quando guido lungo l'autostrada e quando sono in spiaggia.

Lo so che dovrei togliermela dalla testa. Dopotutto, in pratica le ho detto che tra noi non c'è stato mai nulla. Ma, chissà perché, non ci riesco.

Invece continuo a rimasticare nella mia mente le migliaia di informazioni frammentarie ottenute dai nostri amici in comune. Due settimane fa ho chiesto ad Evie come stava Emma. Lei mi ha guardato con fare impassibile e mi ha detto che Emma sta bene. Tutto qua.

Il suo atteggiamento distaccato mi ha fatto capire che Emma le ha raccontato tutto... e che Evie non approva il modo in cui io abbia gestito la situazione. Non ho bisogno della sua disapprovazione. Io ho già la mia buona dose di problemi, non serve che lei aggiunga altro sale alla ferita.

Spingo il carrello lungo la corsia con i cereali e prendo una scatola di granola. La scorsa settimana, mentre stavamo lavorando, ho chiesto ad Asher come stesse sua sorella. Lui mi ha rivolto un'occhiata strana e si è limitato a dirmi che sta bene.

È tutto ciò che so: sta bene. Emma sta bene. Ma ora... non c'è più.

Non c'è più nella mia vita. Mi sarei aspettato di vederla al Cure, prima o poi, o magari vederla insieme ad Asher. Dopotutto, si è sempre fatta vedere prima che succedesse tutto questo.

Ora penso di aver rovinato anche quello.

Vado in giro per le corsie, il carrello che scricchiola debolmente. È passato un mese, ma mi sento ancora come impantanato.

Nella vita. Con lei. Non ho mai avuto una relazione i cui postumi si protraessero per così a lungo. Diamine, non mi sono mai penato per un'avventura per più di un paio di giorni.

Ed è questo che le ho detto che era. Un'avventura.

Il dolore sul suo volto quando gliel'ho detto... mi perseguiterà per sempre. Quello è l'unica cosa che vorrei rimangiarmi, se solo potessi.

Ma ovviamente ciò non risolverebbe niente. Sarei in rotta di collisione con Asher, poco ma sicuro.

Raggiungo la fine della corsia e faccio dietrofront. All'estremità più lontana della corsia, intenta a guardare tutti i vari tipi di pasta che ha davanti a sé, vedo Emma.

Mi blocco e la guardo. È bella proprio come me la ricordo, con i suoi lunghi boccoli corvini ordinati in una treccia che le incorona il capo. La sua figura slanciata è avvolta da un prendisole attillato, e ai piedi a quei tacchi altissimi che le mettono in bella mostra le gambe.

Lo giuro: se fossi un cartone animato, sarei un lupo con la lingua che mi rotola fuori dalla bocca e gli occhi a forma di cuore. Lei si accorge che qualcuno la sta guardando e si gira verso di me.

Dopo essermi abituato al suo sorriso raggiante e al suo modo affettuoso di salutarmi ogni volta che mi vedeva, il suo sguardo freddo e distaccato mi lascia senza parole. Corruccia la fronte, si gira e se ne va spingendo il carrello a tutta velocità. Svolta l'angolo e scompare.

Abbandono lì il carrello e le corro dietro. Mi ci vogliono diversi secondi prima di trovarla.

"Emma," la chiamo dopo aver percorso metà corsia.

Si gira e mi lancia un'occhiata glaciale. Ma io non le presto attenzione, e anzi accelero. Quando la raggiungo ormai siamo arrivati alla fine della corsia.

"Emma, ti prego, aspetta."

Lei si ferma, esita, e poi si gira. Non è per niente contenta di vedermi. "Che c'è?"

"Io... volevo vederti. Sai, assicurarmi che stessi bene," le dico.

Lei si massaggia la tempia. "Sto bene. Mi hai vista."

Fa di nuovo per girarsi, e allora io allungo una mano e la afferro per un braccio. Lei guarda la mia mano come se fosse quella del diavolo che sta cercando di impossessarsi della sua anima. Dà uno strattone e si libera dalla mia presa.

"Che cosa stai cercando di fare, di preciso?" mi chiede.

"Scusa," gli dico facendo un passo indietro e sollevando entrambe le mani. "Io... non lo so. È da un po' di tempo che so cercando di scoprire come te la passi."

Sembra incazzata. "Eccomi qui. Mi hai vista. Sei soddisfatto ora?"

"No," ammetto onestamente. "Speravo potessimo... sai, no, continuare a vederci. Essere amici, andare a mangiare fuori insieme."

Lei strizza gli occhi. "Intendi dire che vuoi che le cose tornino a come erano prima che cominciassimo a fare sesso?"

"Sì... pensavo che potremmo..."

Lei scuote il capo. "Lo sai che sei tremendo? Tipo, ehi, tu, voglio fare con te tutte le cose che farei con la mia fidanzata, ma senza che ci sia niente tra di noi."

"Insomma, solo perché ci siamo lasciati..."

"Non penso che puoi lasciare una con cui hai avuto solo un'avventura."

Sì, questa me la sono meritata. "Però penso che possiamo continuare ad essere amici."

"Veramente? Io no."

Restiamo lì, in piedi in mezzo alla corsia, a guardarci. Cazzo, non pensavo che negoziare con lei si sarebbe rivelato così difficile. Devo trovare qualcosa per arginare il suo odio, e alla svelta.

"Ho bisogno del tuo aiuto," è quello che mi esce dalla bocca, senza che io abbia nemmeno il tempo di pensarci.

Emma solleva un sopracciglio. "Oh?"

"Sì... Uh, con il G.E.D. Sono un imbranato, da solo. Ho già rimandato i test di un altro mese." È vero che sto rinviando i miei test, ma non perché non riesco a studiare da solo. È che nell'ultimo periodo non sono stato esattamente dell'umore.

"Non lo so..." dice lei, accigliandosi.

Vado dritto al punto. "È che mi sento veramente stupido quando studio da solo. Lo so che dovrei esserne in grado, però..."

Provo a sembrare patetico. Se siete alti come me e avete mai provato a metter su un'espressione imbronciata da ragazzino, allora lo sapete a cosa mi riferisco.

Lei mi guarda, e vedo che sta vacillando. È sempre arrabbiata come non mai, ma, a quanto pare, la mia educazione è più importante. Si morde il labbro inferiore.

Lo so io cosa ha bisogno di sentirsi dire. Lei pensa che io sia patetico, che non riesco a studiare da solo. Mi ingoio l'orgoglio che mi occlude la gola e, chinando il capo, dico le paroline magiche.

"Ti prego? Non posso riuscirci da solo. Ho bisogno del tuo aiuto."

Emma stringe gli occhi. Per un secondo ho come l'impressione che stia per urlarmi contro. Invece sospira. Sembra arrabbiata con sé stessa.

"Va bene," dice poi mettendosi a braccia conserte.

Sento le mie guance che si scaldano. Mi vergogno di me stesso. Non solo per dover sostenere quello stupido esame, ma anche per usarlo come scusa per riuscire a far sì che Emma mi perdoni.

"Grazie," le dico poggiandole una mano sul braccio.

Lei si scosta, come se la mia mano fosse fatta di tizzoni ardenti. Fa una smorfia. Sembra veramente ferita, come se toccarle il braccio fosse un peccato imperdonabile. "Non mi toccare."

Il viso mi si scalda un altro po'. "Scusa."

Vedo che anche le sue guance cominciano ad arrossire. "Abbiamo... abbiamo bisogno di mettere dei paletti."

Sollevo un sopracciglio. "In che senso?"

Si massaggia il braccio nel punto in cui l'ho toccata. Sembra arrabbiata. "Anzitutto, non ci si tocca. E... niente rimuginare come fai di solito."

"Va bene." Provo onestamente a restare serio, ma non ci riesco.

Le mie labbra si sollevano leggermente, e lei si fa improvvisamente scura in volto. Negli occhi ha uno sguardo quasi violento. Mi lancia un'occhiataccia.

"Se non hai intenzione di prendermi sul serio, allora dovrai studiare da solo."

"No, no," dico sollevando le mani. "Le scegli tu le regole, va bene?"

"Ci puoi contare." Mi lancia un'occhiata ostile.

"Quindi, uh..." Mi massaggio il collo. "Posso venire domani sera, quindi?"

"Cosa? Uh, no. Ci vediamo in un cafè, durante il giorno. Ormai hai perduto i tuoi privilegi, non puoi più entrare e uscire da casa mia a tuo piacimento."

Il suo cipiglio mi dice che fa veramente sul serio.

"Giusto. Beh, certo," dico io. "Hai ragione. Ma domani devo lavorare. Che ne dici di dopodomani?"

"Mercoledì ho da fare tutto il giorno," dice con voce piatta. "Quand'è il tuo prossimo giorno libero?"

"Giovedì mattina non lavoro," le dico facendo spallucce.

"Va bene. Ci vediamo alle dieci?" Si guarda in giro con fare irrequieto, chiaramente più che pronta ad andarsene.

"Alle dieci va benissimo." Alle dieci non va bene per niente. Avevo in mente di surfare per tutta la mattinata, ma non glielo dico. "Posso portare qualcosa?"

"Porta i libri e basta. Poi ti mando un messaggio per farti sapere dove ci vediamo."

Sulla punta della lingua ho una domanda sul perché cazzo non ha risposto a nessuno dei messaggi che le ho inviato per sapere come stava. Ma mi mordo la lingua e taccio.

"Okay. Ottimo..."

Si gira e riprende il carrello, pronta ad andarsene.

"Emma, aspetta..." le dico.

La sua chioma corvina si gira. Mi guarda. Il suo sguardo verde è completamente disinteressato. "Sì?"

Niente mi ha mai ferito così a fondo, e così velocemente. Inspiro e le dico: "Grazie."

Lei alza gli occhi al cielo e se ne va. Io la guardo mentre si allontana, l'orlo del prendisole che le scivola sulla parte posteriore delle cosce.

Cazzo! Idiota!, impreco in silenzio contro me stesso.

È stata tutta colpa mia. L'ho fatto per amore dell'amicizia con Asher, ma mi fa soffrire come un cane.

Ritorno lentamente al mio carrello. Mi sento come se mi avesse appena investito un camion. Mi giro, ma Emma è sparita.

Appoggio i gomiti sul carrello e cincischio in giro. Non

voglio andare alla cassa mentre lei è ancora in fila in attesa di pagare. Mi fermo per un secondo e mi gratto la barba.

Lo so che è meglio così. Dovevo lasciarla. Asher ci avrebbe scoperti, prima o poi... e la sua amicizia per me è tutto.

E quindi sono disposto a soffrire in silenzio. Ma continuo a volere Emma nella mia vita... anche solo come un'amica.

Possiamo riuscirci, penso. Possiamo essere amici.

Giusto?

3

Emma

Perché non gli ho detto di no e basta?
Quella domanda continua a tormentarmi mentre guido da casa mia al piccolo cafè sulla spiaggia dove mi piace andare a studiare.

Perché non so resistergli?

Ma la risposta la so. Non appena Jameson mi è corso incontro, nella corsia di quel supermercato, mi sono sentita immobilizzata. Congelata. Per una frazione di secondo ho pensato che avesse intenzione di chiedermi di poter tornare con me.

Sono sempre così debole quando c'è lui di mezzo, così facilmente distruttibile... se Jameson avesse anche solo accennato di voler tornare con me, non so se sarei stata in grado di dirgli di no. Mi ha ferita, mi ha maltrattata, eppure non ci penserei due volte a fare di nuovo tutto daccapo.

Ma quanto posso essere patetica?

Per fortuna Jameson mi vuole solo per mio cervello. La

storia della mia vita. Eccola qui. Mi ha implorato di aiutarlo a studiare per il G.E.D., e io, da brava idiota, gli ho detto di sì.

Sono una cretina. Stupida e patetica.

Parcheggio il coupé fuori dal cafè. Controllo l'ora e mi accorgo di essere leggermente in anticipo. Prendo la borsa ed entro nel cafè. È sempre così accogliente... dai variegati divani di seconda mano alle decorazioni elettriche sulle pareti, questo posto non fa altro che gridarmi "resta qui per sempre."

Mi dirigo verso il bancone e noto la loro vecchia macchina per l'espresso e lo staff composto perlopiù da giovani hipster. La ragazza che viene a prendere la mia ordinazione è una giovane latina che indossa dei pantaloncini di jeans a vita alta e quello che sembra essere un body nero.

"Ehi," mi dice salutandomi con un cenno del capo. Sistema alcuni dei piatti con gli scone e i muffin sotto il bancone, senza mettermi fretta.

"Ehi. Posso avere un latte macchiato piccolo? E..." Mi sporgo in avanti per ispezionare le paste. "Che c'è di buono?"

"Mhmm... a me piacciono queste pop tart senza glutine," dice indicandole. "Sono ottime, per essere senza glutine."

"Va bene, allora, ne proverò una." Le sorrido. Mi dà lo scontrino, pago con la carta e mi giro per trovare un tavolo libero.

Alla fine scelgo uno dei tavoli nell'angolo più distante. Se scegliessi un divano, penso proprio che Jameson percepirebbe il messaggio sbagliato. Prendo il latte macchiato e la pop tart e vado a sedermi.

Mentre mangio la mia pasta friabile e aspetto che arrivi Jameson, mi guardo intorno. Le pareti sono verniciate di un viola scuro, e ci sono quadri e disegni da tutte le parti. Guardo l'enorme vetrata alla mia sinistra e vedo Jameson che si avvicina al locale. La sua silhouette si staglia contro la spiaggia sullo sfondo.

I capelli scuri, la barba vecchia di qualche giorno, alto, muscoloso. Deglutisco accorgendomi che indossa il suo giubbino di pelle e un paio di jeans neri. Vederlo con indosso quella giacca me lo fa *bramare*.

È pur sempre bellissimo, e mi basta stargli vicino per cominciare a tremare. Entra, mi vede e mi viene incontro.

"Ehi," mi dice poggiando lo zaino sul pavimento. "Oh, hai già ordinato? Volevo offrire io, per ringraziarti dell'aiuto."

Faccio spallucce. "Non ti preoccupare."

Sembra impassibile. "Okay, vado a ordinare qualcosa. E poi possiamo cominciare."

Tamburello le dita sul tavolo e lo vedo dirigersi verso il bancone. Si mette in fila e io arrossisco pensando a come ho dovuto implorare Evie di parlarmi del suo lavoro sperando che mi dicesse inavvertitamente come stava Jameson. E quando succede, io cerco di comportarmi nel modo più causale possibile, ma lei riesce sempre a leggermi come un libro aperto.

Un'altra cosa di cui vergognarsi. Ora riesco a dimenticarmene ma so già che stasera, distesa da sola nel mio letto, me ne ricorderò.

Jameson ritorna con un caffè ghiacciato e si siede di fianco a me bevendone un po'. E io, seduta sulla mia sedia, gli fisso la gola mentre butta giù il caffè, le sue lunghe dita mentre poggia il bicchiere sul tavolo...

Forse lo odio. Forse sono arrabbiata con lui per come sono finite le cose tra di noi. Forse ho persino passato qualche minuto a immaginarmelo mentre veniva investito da un autobus.

Ma niente di tutto ciò cambia il fatto che mi sento ancora attratta da lui, ora più che mai. E mi odio, per questo.

Tira fuori dei libri dallo zaino e si schiarisce la gola. "Tutto bene?"

Devo avergli rivolto qualche occhiata strana. Raddrizzo subito la schiena e scaccio via i miei pensieri.

"Sì, sì," dico provando a non sbottare. Indico i libri con un cenno del capo. "Che cosa studiamo oggi?"

Lui corruccia la fronte.

"Sempre il solito. Pensavo potremmo cominciare con matematica, e poi fare un po' di scienze. Uh... fammi sedere vicino a te, va'," dice. Fa scivolare i libri verso di me e, con calma, sposta la sedia alla mia sinistra. Si avvicina il caffè e apre il libro di matematica.

Dentro al caffè fa abbastanza freddo da permettermi di sentire il calore emanato dal suo corpo. Mi mordo il labbro inferiore, rimproverandomi per essere così debole quando si tratta di lui.

"Ho smesso qui, con le equazioni differenziali..." dice lui indicando una pagina del libro. "Ma non sono sicuro di come funzionino. Del tipo, posso passare la giornata a guardare gli esempi, ma poi, quando ho un problema davanti agli occhi, la mente mi si svuota."

"Ahhh." Annuisco giocherellando con la mia tazza. "Penso tu debba vederle in azione. Hai un foglio di carta?"

"Sì, certo." Prende dei fogli di carta e una penna dallo zaino. Me li poggia davanti. "Ecco."

Si scrocchia le nocche. Io deglutisco, provando a ignorare la voce dentro la mia testa che si ricorda fin troppo bene di cosa sono capaci quelle mani. Di quanto piacere sono in grado di darmi, per ore e ore.

"Okay, vediamo... anzitutto devi trovare l'integrale..." gli dico. Lo guido lungo il processo, risolvendo diversi problemi.

Jameson si ingobbisce sopra al tavolo e mi guarda lavorare. Mi rende nervosa, ma mi rifiuto di darlo a vedere. Evito di guardarlo negli occhi e mi concentro sul foglio e sulla penna che ho tra le mani.

Mi fa un paio di domande, e per fermarmi mi poggia una mano sull'avambraccio. Le sue dita calde toccano la pelle nuda del mio polso per la seconda volta, e il cuore comincia a battermi come quello di un coniglietto spaventato.

Jameson mi guarda, ma io sposto il braccio, mi schiarisco la gola, e proseguo.

"Penso di aver capito. O, quantomeno, li capisco abbastanza per poter sostenere l'esame," mi dice.

Lo guardo e i miei occhi incrociano i suoi. Per un brevissimo istante, mi perdo in quei suoi occhi color cioccolato, sprofondo dentro di loro. E lui non distoglie lo sguardo.

Mi guarda per qualche secondo. È chiaro che c'è qualcosa che vuole dirmi, ma non lo fa. E io sono troppo codarda per chiedergli a cosa stia pensando.

Distolgo lo sguardo. "Uhm, pensi che ora dovremmo studiare scienze?"

Lui si schiarisce la gola e annuisce. "Sì... uh, sì... Ora sto studiando fisica, cercando di capire la velocità e la velocità con attributo direzionale. È... difficile."

"Ottimo," dico con un entusiasmo forzato. Dentro di me sto pensando che avrei dovuto rifiutarmi di venire qui. Ma non voglio che lui questo lo sappia. "E che velocità sia!"

Jameson mi rivolge un'occhiata sospettosa e tira fuori il suo libro di scienze. Lo apre e poggia la mano sopra la pagina.

"Va tutto bene?"

I suoi occhi marrone scuro si posano sul mio viso.

"Sì, come sempre," dico io toccando il libro per farlo tornare a concentrare. "Su, leggiamo le basi delle leggi della fisica."

Scosto la sua mano e comincio a leggere, e lui è costretto a rivolgere la propria attenzione a quanto gli sto dicendo. Mi fermo diverse volte, spiegandogli la dinamica di ciò di cui stiamo parlando più in dettaglio. Lui ascolta e annuisce, facendomi una domanda di quando in quando.

Analizziamo le parti più importanti dei due concetti e poi gli spiego alcune delle equazioni matematiche offerte dal libro. Devo mostrargli come si svolgono alcuni problemi.

A un certo punto, quando lui si piega in avanti per scrivere la sua risposta, sospiro. È un suono pieno di desiderio e completamente fortuito e non provocato da niente in particolare.

È Jameson. Mi piace guardarlo sempre, a prescindere da cosa faccia, ma guardarlo mentre impara qualcosa di nuovo? Qualcosa che ha imparato grazie al mio aiuto?

Mi fa quasi girare la testa. E così sospiro.

Lui mi guarda e io arrossisco. Beccata.

"Che c'è?" mi chiede.

"Niente," rispondo io scuotendo il capo. "Niente. Continua."

"Ti stai comportando in modo strano," mi dice.

"No, non è vero." Bevo un sorso di latte macchiato. L'unica cosa che può salvarmi dall'imbarazzo.

"Sì invece!" insiste lui. Mette giù la penna. "Perché?"

"Jameson..." comincio a dire io, infastidita dal semplice fatto che ne stiamo parlando.

Mi lancia un'occhiataccia. Io mi contorco leggermente sulla sedia. Lui abbassa la voce.

"Sai, solo perché ormai non andiamo più a letto insieme, ciò non vuol dire che non puoi parlarmi. Sono sempre io, sempre la stessa persona."

Divento rossa come un peperone. "Jameson, tu... non stai seguendo la normale procedura che si dovrebbe seguire dopo una rottura."

Lui solleva le sopracciglia. "Perché? C'è una procedura da seguire?"

Mi acciglio. "Sì! E tu, invece... te ne freghi, come se non esistesse nemmeno. Ma, fidati di me, se esiste c'è un motivo."

"La procedura?"

"Sì!"

Fa una breve pausa. Lo vedo che pensa a qualcosa, come se stesse facendo due conti che non tornano.

"Allora penso che non so quali siano, queste regole... le

regole che si devono seguire quando, sai, quando non ci si frequenta più," ammette.

"Beh, quello mi pare ovvio." Dirlo mi fa sentire una brontolona, ma è la verità.

"Allora cos'è che vuoi da me?"

Lui mi guarda, mortalmente serio. Il suo sguardo mi fa sgonfiare come un palloncino.

"Non lo so. Voglio dire..." Mi guardo le mani. "È solo che sembra... che non sia cambiato nulla."

Gli occhi mi si appannano in modo inaspettato. Mi sento così imbarazzata.

"Ma è una buona cosa, no?"

"No!" grido io più forte di quanto non voglia. La barista mi guarda. Ma, lo stesso, non riesco a smettere di parlare. "Jameson, tu non capisci. Tu... tu mi hai spezzato il cuore!"

Lui si blocca. È sciocato. "Io... io non volevo spezzarti il cuore, Emma. Te lo giuro."

Mi tocca la mano, e io la tiro subito via. Mi alzo. Sono arrabbiata e ferita. Faccio per andarmene.

"Ehi, ehi, Emma," dice Jameson balzando in piedi e impedendomi di andarmene. "Aspetta un secondo."

Ho gli occhi lucidi di lacrime. La mia voce è poco più di un sussurro. "Fammi passare."

"Mi dispiace," mi dice. "Veramente. È tutta colpa mia, okay?"

"No, non è okay! Io sono qui, anche se non mi va, a farti un favore. E tu invadi il mio spazio e mi impedisci di andarmene..."

Una lacrima mi cola lungo la guancia. Jameson ha in volto un'espressione angustiata.

"Non piangere. Ti prego, non piangere," mi implora. "Proverò a seguire le regole, va bene? Farò tutto quello che mi dici di fare."

Mi asciugo la lacrima e faccio un respiro profondo. La sua

espressione colpevole mi strazia il cuore. Ora mi dispiace per averlo fatto stare male.

"Ci devo pensare su. Io... io ti voglio aiutare, come facevamo prima, ma..." Scuoto il capo e abbasso lo sguardo. "Mi fa ancora male."

"Ti darò tutto il tempo che vuoi, se è questo ciò di cui hai bisogno," dice. "Solo... ti prego non dirmi che non posso più vederti."

Lo guardo. "Ho detto che ci penserò su. Ora come ora è tutto quello che posso dirti."

Lui sospira e fa spallucce. "È tutto quello che ti posso chiedere, allora."

Indietreggia e mi lascia passare. Esco da locale il più in fretta possibile, praticamente correndo davanti al barista e scapicollandomi fuori dalla porta. Non rallento fino a quando non raggiungo l'auto.

Mi metto al volante, il cuore che mi batte all'impazzata.

Non so se riuscirò a vederlo di nuovo.

Ma, allo stesso tempo, come faccio a dirgli di no?

Parto a tutta velocità facendo fischiare le ruote.

4

Jameson

Scendo dalla jeep dopo aver parcheggiato davanti al diner suggerito da Foster. Mi schermo gli occhi dal sole di mezzogiorno. Come vorrei non aver bevuto quell'ultimo drink ieri sera. Mi sento uno straccio.

Mi aggiusto i Ray-Ban sul naso ed entro. Il diner è una piccola bettola sudicia che mio fratello adora. Dentro e fuori è dipinto tutto di un arancione acceso. Non ci veniamo spesso, ma la proprietaria si ricorda sempre di noi.

"Jameson!" mi grida non appena metto piede nel locale. È dietro la griglia, indossa i suoi soliti vestiti neri, e un ampio sorriso le attraversa il viso.

"Ehi, signor Parker," dico io facendogli un cenno col capo.

Il fatto che riesca a ricordarsi di quasi tutti quelli che vengono a mangiare qui è a dir poco impressionante.

La signor Parker mi indica il divanetto nell'angolo più lontano dove è seduto Forest. Vado a sedermi di fronte a lui.

"Ehi," dico per salutarlo. "Come va?"

Forest beve il suo caffè ed emette un suono appagato. "Come al solito."

La cameriera si avvicina al tavolo e io ordino una tazza di caffè e la loro omelette ripiena di gamberi d'acqua dolce. Forest ordina patatine fritte e uova strapazzate.

Zucchero il mio caffè e studio mio fratello. È andato dal barbiere di recente, perché ha i capelli corti tagliati di recente. È sempre stato più curato di me. Si è fatto la barba anche oggi che non lavora.

"Come vanno i miei investimenti, piccolo maghetto della finanza?" gli dico scherzando.

Ci pensa su per un secondo. "Vanno bene. Anzi, in parte è per quello che volevo parlarti."

"Ah, sì?" gli chiedo. Bevo un sorso di caffè. È nero e denso, proprio come piace a me.

"Sì. Sai sì che l'appartamento in cui vivete tu e Asher è un duplex?"

"Mhmm, pensò che l'altro lato sia pieno di... non lo so, roba del proprietario." Il proprietario è un uomo sulla settantina che ormai non si fa vedere più di tanto.

"Beh, Asher è andato a sondare il terreno, tanto per vedere se il proprietario potesse essere interessato a vendergli il terreno."

"Veramente?" Sono un po' sorpreso che Asher non me ne abbia parlato, dal momento che io, si suppone, sia il suo coinquilino nonché migliore amico.

"Eh già. Il proprietario gli ha appena detto che sarà più che felice di smollargli l'intero appartamento."

"Uh." Ci penso su.

"Te lo dico perché penso che tu ed Asher dovreste comprarla insieme, quella casa. Poi potete prendervi ognuno una metà, oppure potete metterla in affitto. O quello che vi pare. Praticamente ve lo sta regalando quel posto. Solo

200.000 dollari. Diviso per due, è un prezzo più che ragionevole."

"Uh," dico di nuovo. Tamburello le dita sul tavolo. "Posso permettermelo?"

"Senza problemi. È un ottimo investimento."

"Forte," dico io facendo spallucce. "Ma sì, perché no?"

"Beh, prima di parlargliene, volevo solo assicurarmi che non ci fossero problemi tra voi due. Voglio dire, tu non ci devi nemmeno stare a pensare su."

Annuisco lentamente e penso ad Emma. Lei potrebbe benissimo essere definita come un "problema" tra me e Asher, ma questo Asher non lo sa. E se ho troncato con lei è proprio perché so come reagirebbe Asher se ci scoprisse.

Sospiro. "Sì, non ci sono problemi tra di noi."

Almeno non più.

"Beh, penso che prima o poi sceglierai una ragazza e ti sistemerai con lei. E a quanto sento dire in giro, alle ragazze non piace che i loro uomini abbiano dei coinquilini, anche se sono ottimi amici."

Sollevo un sopracciglio. "È per caso questa un'affermazione che riguarda la tua vita personale?"

Forest si acciglia. "No."

"Ne sei sicuro? Perché ce la vedo proprio Addison che ti dà il tormento perché vivi ancora con Gunnar. È facile che una Addison, che viene ovviamente da una famiglia con i soldi, non ami la tua sistemazione attuale."

Restiamo in silenzio per qualche secondo. Forest abbassa lo sguardo sulla sua tazza di caffè. Io scherzavo perlopiù, ma è chiaro che ho toccato un tasto dolente.

"Questo tuo silenzio non mi piace. Che succede? Va tutto bene tra e Addison?" gli chiedo dopo un minuto.

Forest mi guarda, una nota di dolore gli brilla negli occhi. "Non è niente."

"Stronzate. Su, che succede?"

Forest fa per aprire la bocca ma, proprio in quel momento, arriva la cameriera con i nostri piatti. Li poggia sul tavolo e poi ci riempie le tazze una seconda volta.

"Avete bisogno di altro?" ci chiede.

"No, grazie," le rispondo io provando a non mostrarmi impaziente. Non appena se ne va, mi giro verso Forest e gli dico: "Sputa il rospo."

Lui alza gli occhi al cielo. "Sono sicuro che non è nulla di cui preoccuparsi."

Prendo la forchetta per cominciare a mangiare l'omelette fumante. "Mi pare ovvio che sia qualcosa che non ti lascia tranquillo."

Mi metto un pezzo di omelette in bocca, scottandomi. È buonissima, però. Prendo la bottiglia con la salsa piccante e la verso su tutto il piatto.

"Okay, okay. I genitori di Addy... non sono persone normali. Conosci il tipo: super-ricchi, case a Beverly Hills e ad Aspen, tutta la manfrina. Sono ricchi e ben agganciati."

Sollevo un sopracciglio. "Non li conosco, ma Addison mi ha sempre dato l'impressione di essere ricca."

"Beh, senza ombra di dubbio io a loro non piaccio. Questa settimana ho scoperto che se il signor Montgomery ha detto di sì quando io chiesto la sua benedizione è perché Addy l'ha minacciato."

Mi fermo, la forchetta con il cibo davanti alla faccia.

"Aspetta, perché non gli piaci?" Sono un po' sconcertato.

"A quanto pare, Addy ha detto loro che non provengo esattamente da una famiglia benestante. Io e Addy ci frequentiamo da un anno, e prima che conoscessi i suoi genitori, lei gli ha raccontato tutto sul mio tragico passato, penso. Cazzo, è così melodrammatica."

Enfatizza quest'affermazione ficcandosi una manciata di patatine fritte in bocca. Io mi acciglio.

"Beh, bella merdata. E tu cosa dovresti fare?"

Lui scuote il capo. "Voglio dire, non c'è niente che io possa fare, penso. E ora, ogni volta che si parla del matrimonio, Addy mi lancia certe occhiate. Tipo... se fossi un tipo paranoico, quello è lo sguardo di chi sa qualcosa. Ha qualcosa in mente, c'è qualcosa che non mi sta dicendo."

Faccio una pausa. "Tipo?"

"Non lo so... è che percepisco come una sorta di aura negativa da lei."

"Pensi che abbia intenzione di annullare il matrimonio?"

Lui si prende un secondo per mangiare un po' delle sue uova e ci pensa su. "Non lo so. Ma questa cosa mi dà il tormento. Come se avessi un prurito che non riesco a grattarmi, che non se ne va via."

Annuisco e finisco di mangiare. Bevo un sorso di caffè, pensando. "Che cosa hai intenzione di fare?"

Forest fa spallucce. "Probabilmente niente. Gliel'ho chiesto più di una volta. Ma lei ha detto che va tutto bene, che non c'è niente che non va."

"Beh, io forse sono l'ultimo da cui dovresti cercare consiglio per una cosa del genere. Lo sanno tutti che sono stupido come una capra..."

"Non dire così," mi dice lui accigliandosi.

"Veramente? Ad ogni modo..."

"Sono serio. Sei una delle persone più intelligenti che io conosca."

"*Ad ogni modo*," dico sovrastandolo intenzionalmente. "Se pensi che ci sia qualcosa che non va, allora probabilmente è così. Non penso sia strano che tu te ne preoccupi."

Forest sospira e scosta il piatto. "Grazie, Jay. In un certo senso mi fa piacere sapere che anche tu la pensi come me."

Io non ho detto esattamente così, ma lascio correre. Finisco di bere il caffè ormai freddo e la cameriera arriva per riempirci le tazze.

"E così... dal momento che ora stiamo parlando da fratello a fratello..." dice Forest.

Lo guardo, incuriosito. "Sì?"

"Hai intenzione di dirmelo chi è la ragazza che ti ha scaricato?"

Lo guardo. "E chi lo dice che c'è una ragazza?"

"Ti ho osservato mentre lavori, di recente. Sei sempre distratto, e la metà del tempo sei di pessimo umore. E tutto ciò dopo che siamo stati graziati per un mese da un Jameson calmo, spigliato, e *soprattutto* spensierato. Solo un cieco potrebbe non accorgersi che c'è qualcosa che non va."

"Le ragazze vanno e vengono," gli dico. "Lo sai."

"Sto solo dicendo che, dopo averti visto così felice per un bel po' di tempo, forse questa lei ha avuto un effetto decisamente positivo su di te. Dovresti considerare la forza e l'efficacia dell'implorare. Funziona sempre."

Beve un sorso di caffè. Accartoccio un tovagliolo e glielo tiro.

"Questo è per aver pensato che fosse colpa mia," gli dico.

"Ah! E quindi c'era una ragazza. Lo sapevo!" Sorride. "Qualcuna che conosco?"

"Ah, come se avessi intenzione di dirtelo."

Mi guarda strizzando gli occhi. "Non è Maia, eh?"

"Cosa? No. Tu e Gunnar siete ossessionati da quella ragazza."

"È sexy!" dice lui sulla difensiva.

"Okay, okay, signor *La mia promessa sposa mi tradisce*."

Lui mi guarda. "Non rigirare la frittata. È di te che stiamo parlando."

"Stiamo parlando del perché tu abbia dato per scontato che a scaricarmi sia stata lei? Perché vorrei farti notare che invece sono stato a decidere di mollarla."

"Sì, normalmente ci crederei, ma eri così felice insieme a questa ragazza del mistero. Quindi, se l'hai lasciata, è perché sei stato costretto a farlo. Come se non avessi avuto altra scelta."

Guardo la mia tazza di caffè. Ci ha preso in pieno. "Forse non mi piaceva poi così tanto."

"Stronzate. Sono qui davanti a te, e non riesci nemmeno a guardarmi negli occhi mentre lo dici."

Gli lancio un'occhiata scontrosa. "E quindi?"

"E quindi? E quindi ti sto dicendo che se questa ragazza ti piace veramente, va' e scusati, qualunque cosa tu abbia combinato." Faccio per controbattere, ma lui solleva una mano e mi zittisce. "Non ci provare nemmeno a dirmi che non hai fatto nulla di cui tu debba scusarti. Di recente ho visto un sacco di puntate di *The Bachelorette*, il programma preferito di Andy. L'uomo è sempre dalla parte del torto. Tutte le volte."

"Quante stronzate dici." Tiro fuori il portafoglio e poggio due banconote da venti dollari sul tavolo. "Scusami se non prendo consigli da te, va bene? Mi ricordo ancora di quando avevi tredici anni e continuavi a cacciarti nei guai per aver disegnato delle donnine nude sui muri dei bagni della scuola, okay? Penso che dei tuoi consigli possa farne benissimo a meno."

Forest alza gli occhi al cielo. "Sono passati letteralmente diciotto anni. Quando mi darai tregua?"

"Mai." Mi alzo, pronto ad andarmene.

Mentre usciamo dal ristorante, Forest mi dice che dobbiamo ordinare qualche altra cassa di whiskey dal ristorante, ma io non gli presto molta attenzione.

Perché ovviamente lui ha ragione. Molto più di quanto non sappia. Ho cavato il cuore dal petto di Emma e l'ho calpestato, perché sapevo che Asher ci avrebbe scoperti.

E io non potevo rischiare di perdere il mio migliore amico.

Ma se Asher sparisse? Allora mi ritroverei in ginocchio a implorare Emma di riprendermi con sé.

Sospiro e seguo Forest fuori nel parcheggio assolato.

5

Emma

Sono in camera mia, nella casa dei miei genitori. Ritocco il rossetto guardandomi riflessa nello specchio. Indosso un meraviglioso vestitino rosa accoppiato a una collana e a due orecchini di diamanti. Ho i capelli raccolti in uno chignon, con due ciocche di capelli lasciate strategicamente penzolare sul davanti.

Non dovrei far altro che aggiungere una tiara e sarei una principessa perfetta...

Sospiro. I miei parenti sarebbero al settimo cielo se mi fidanzassi con un membro di qualche famiglia reale. Sfrutterebbero ogni opportunità per sbatterlo in faccia a tutti i loro amici.

È così che sono gli Alderisi. Ci hanno cresciuti – a me e ad Asher – come fossimo due preziosi gioielli, senza trattenersi dal soffocarci con le loro pressioni al fine di farci veramente brillare.

Asher ha smesso di accettare il loro denaro e tutti i loro ricatti emotivi ormai da tempo. Se solo potessi fare la stessa cosa... ma non posso, almeno fino a quando non finirò la facoltà di legge.

Se Asher fosse qui, farebbe di sicuro una battuta sul mio abbigliamento. Mi farebbe ridere, almeno.

Purtroppo, però, al momento Asher si trova sulla mia lista delle persone che quasi detesto. E poi comunque si farebbe sparare piuttosto che venire qui a celebrare i nostri genitori stasera.

Mia madre bussa alla porta e la apre. Sento le voci e il piano che suona; la festa dev'essere cominciata.

"Sei pronta, Emmaline?"

Mi giro e la guardo. Indossa un vestito argentato ricoperto di lustrini. È ricoperta di diamanti. Mi costringo a sorridere e afferro la mia borsetta.

"Sì. Ah, e buon anniversario."

Mia madre fa un leggero inchino, il suo modo di accettare le mie felicitazioni. "Vieni, tuo padre ti aspetta."

Esco dalla mia camera, sempre rosa e immacolata come sempre, e percorro il corridoio insieme a mia madre. A mano a mano che ci avviciniamo alle scale, il rumore prodotto dalle conversazioni e dal tintinnio delle posate si fa sempre più forte.

Lascio che mia madre mi preceda. Mi appoggio al corrimano, sento i miei tacchi che ticchettano sul marmo. Scendiamo lungo le scale con grazia, i nostri movimenti sono sincronizzati, risultato di un addestramento che dura da tutta la vita e di cui ora tutti possono godere.

In fondo alle scale c'è una specie di rotonda che conduce a quello che mia madre chiama *il piano per gli ospiti*. Una stanza con i giochi, un'enorme sala da pranzo e un soggiorno con delle enormi portefinestre spalancate. C'è persino una cucina in fondo, apposta per preparare da mangiare per le feste come questa qui.

Il fatto che i miei genitori abbiano un intero piano dedicato solo all'intrattenimento degli ospiti è a dir poco da snob. Reprimo un sospiro, preparandomi per un'intera serata a parlare con gente che conosco a malapena.

"Leslie, eccoti qui!" dice una donna con indosso un elegante abito da sera rosso. "Oh, ma hai fatto venire la piccola Emma dal college! Che meraviglia."

"Karen," dice mia madre salutandola con un cenno del capo.

Indosso la mia maschera e le rivolgo un sorriso benevolente. Karen mi ricambia dandomi un pizzicotto sulla guancia.

"Karen, puoi scusarci un attimo? Devo occuparmi di mia figlia." Mia madre mi lancia un'occhiata fugace. "Sai, mia figlia non c'è quasi mai. Non è vero, Emmaline?"

Sorrido. "È vero."

"Vieni a cercarmi non appena hai fatto," dice Karen. Si sporge verso mia madre con fare cospiratorio. "Non ci crederai cos'ho sentito su Megan Denning. D-I-V-O-R-Z-I-O."

Mia madre inclina la testa e mi fa continuare a camminare. Percorriamo il corridoio che divide la sala con i giochi dalla sala da pranzo e conduce infine nel soggiorno. Ci sono un'infinità di divani in pelle marroni disposti ad arte, con dei tappeti color crema e una piccola libreria disposta su una delle pareti.

Mio padre è lì, appoggiato sulla scaletta della libreria, e in mano stringe un meraviglioso volume rivestito in pelle. È più alto della maggior parte degli uomini disposti in circolo intorno a lui, che lo ascoltano… beh, sta tenendo un'orazione, ad essere onesti.

Così disposti in cerchio, con i loro smoking, sembrano un gruppetto di pinguini confusi. Faccio del mio meglio per non mettermi a ridere.

Noto che gli uomini di cui si è circondato sono molto più giovani di lui, i figli di magnati del petrolio e di baroni dell'import-export. Assottiglio gli occhi: di norma, Alan Alderisi non vorrebbe avere nulla a che fare con un gruppo di mocciosi come quelli.

Prima che possa riuscire a fare due più due, mia madre chiama mio padre. "Alan, tesoro, guarda chi è arrivato finalmente!"

Otto paia di occhi si girano a guardarmi. D'improvviso mi ritrovo illuminata da un occhio di bue creato dai miei genitori. Vorrei girarmi e darmela a gambe, ma mia madre mi afferra per l'avambraccio. Una presa d'acciaio.

"Emma," dice mio padre facendomi cenno di avvicinarmi. "Stavo proprio raccontando ai tuoi coetanei una storia della mia giovinezza. Vieni a conoscere questi giovanotti..."

Mi sento come un pezzo di carne messo in vendita, con sette sconosciuti che mi guardano con occhi speranzosi. Vado loro incontro cercando sempre di sorridere. Sono rossa come un peperone, ne sono certa.

"Ciao," dico tormentandomi le mani. "Piacere di conoscervi."

Ognuno di loro si presenta. Mi scordo ogni nome subito dopo averlo sentito. L'ultimo del gruppo è un ragazzo alzo e biondo con uno smoking dall'aspetto decisamente costoso. Sgomita per farsi largo tra gli altri contendenti, ansioso di poter fare colpo su di me. Lo guardo. Tutto fumo e niente arrosto, tutta apparenza. Già non mi piace.

Stringe la mia mano nel suo palmo appiccicaticcio. "Emma, io mi chiamo Rich. Posso dirti che sei bellissima?"

Voglio tirare via la mano con uno scatto, ma non lo faccio. Invece, gli rivolto un vago sorriso e inclino la testa da un lato. Una pagina presa di peso dal manuale dell'alta società di mia madre.

Rich sembra ignaro della stranezza di questa situazione. Non che io abbia esattamente voglia di parlare con loro, ma gli altri sei ragazzi che mi stanno fissando? Che ne facciamo di loro? Rich mi prende sottobraccio e volge le spalle all'intero gruppo. "Penso dovremmo fare due passi."

Mi giro anche io. Rivolgo un'occhiata allarmata a mio padre, che però si è già allontanato.

"Se non ti spiace..." faccio per dire.

"Vieni, andiamo fuori," dice Rich, impassibile. Onestamente non sono sicura che abbia notato la mia reazione. "Tuo padre ci ha detto che frequenti la facoltà di legge. Dev'essere difficile."

"Uhhh... sì?" È l'unica cosa che riesco a dire.

Mi conduce fuori dal soggiorno, attraverso le finestre che si affacciano sulla terrazza, e giù lungo gli scalini che portano in giardino. Il sole è ancora alto, e questo è l'unico motivo per cui permetto che tutto ciò accada.

Faremo meglio a tornare dentro una volta calato il crepuscolo. Mi acciglio, ma Rich è così preso da sé stesso che non se ne accorge nemmeno.

"Anche io ho considerato l'idea di iscrivermi alla facoltà di legge, ma poi invece ho deciso di prendere un MBA. Sono andato alla Wharton, ovviamente. E prima ad Harvard..."

Comincia a narrarmi la storia della sua vita, una storia lunga, tortuosa, e mortalmente noiosa. Perdo interesse quasi subito. Mi concentro sugli alberi in fiore che adornano i sentieri del giardino.

Mentre camminiamo, Rich gesticola per enfatizzare quello che sta dicendo. Noto che si è fatto la manicure. E non tanto per dire... ha uno strato di smalto trasparente sulle unghie.

Provo a non giudicarlo, ma tale dettaglio non fa altro che sottolineare quanto sia ridicola tutto questo ambaradan messo in piedi dai miei. Asher e Jameson desterebbero Rich per essere così affettato, poco ma sicuro.

Ad esser onesta, tutto questo comincia a sembrarmi con un arco narrativo lasciato fuori da *Orgoglio e pregiudizio*. Mi immagino vestita con gli abiti dell'epoca, passeggiando per il giardino con uno dei miei tanti corteggiatori. Sì, per i miei gusti è un po' troppo simile alla vita reale.

"E che mi dici di te?" mi chiede Rich.

Oh, mi sta facendo una domanda. Arrossisco, perché finora non ho prestato la minima attenzione a quanto mi stesse dicendo.

"Ehm... che intendi?" gli chiedo.

Mi guarda e mi stringe il braccio con fare compassionevole. "Voglio dire, sei una ragazza stupenda. Ma voglio sapere tutto di te: i tuoi studi, la tua scuola, eccetera, eccetera. Non puoi sperare di trovare marito soltanto grazie al buon nome dei tuoi genitori, penso."

Inarco un sopracciglio. "Ah, non sapevo di essere alla ricerca di un marito."

Mi fermo e tiro via il braccio. Sollevo la mano per ripararmi gli occhi dal sole. "Non sono molto preoccupata di quello che vuoi tu, onestamente. Se sono qui è solo perché me l'hanno chiesto i miei genitori."

"Sì, ma..." comincia a dire lui.

"Sì, ma niente," dico io scuotendo il capo. "Ora torno dentro."

Mi giro e comincio a camminare. Gli bastano due lunghe falcate per agguantarmi.

"Aspetta, aspetta," mi dice. "Non sta andando come previsto."

"Oh?" Continuo a camminare, rifiutandomi di rallentare.

"Io... io penso che tu sia veramente bella..."

"Non è un buon motivo per provare a uscire con qualcuno," gli dico.

"Beh, sei anche intelligente, e provieni dal tipo di famiglia adeguato..."

Mi fermo di nuovo e mi giro di scatto. Lui nota il mio sguardo adirato e indietreggia di mezzo metro.

"Tu non sai niente di me. Sai solo di chi sono figlia. Eppure già stai cercando di valutare se soddisfo o meno i tuoi criteri!"

"Sono solo pragmatico," si difende lui. "Non voglio far perdere tempo a nessuno."

"Ecco perché non permetto che i miei genitori combinino il mio matrimonio," dico gettando le mani in aria. "Ora, se non ti dispiace, voglio andare a farmi una passeggiata. *Da sola*."

Lui sembra esterrefatto, ma non mi importa. Sono incazzata con i miei genitori, incazzata con questo mondo di snob che hanno creato per me. È una cosa che mi fa infuriare, mi sento come un criceto intrappolato in una ruota inventata da loro.

Mi dirigo verso la casa degli ospiti. Ho bisogno di calmarmi, senza che mia madre o nessun'altro spasimante mi piombi addosso per bombardarmi.

Continuo a camminare e il sentiero si fa a mano a mano più lussureggiante. Mi avvicino al limite della proprietà e vedo gli alberi che si stagliano verso il cielo. Sono diretta verso la casa degli ospiti ma, lo stesso, rallento passando di fronte al mio posto preferito in tutto il giardino.

Una piccola radura che conduce alla quercia più vecchia di tutta la proprietà. È enorme, con rami lunghi tre metri che si protendono verso l'esterno partendo da ogni lato. Di fronte agli alberi, c'è una piccola panchina di cemento. Niente di sofisticato, un semplice posto perfetto per la contemplazione.

Mi avvicino alla panchina e mi siedo con un sospiro. Questa panchina ne ha viste di cose, e l'albero, durante la sua lunga vita, ne ha viste ancora di più.

Comincio a pensare ad Asher e a Jameson, alla loro lunga amicizia. Quello di Jameson è stato un gesto quasi nobile: rinunciare a qualunque cosa potesse nascere tra di noi solo per non ferire Asher. Voglio dire, continua a non piacermi, ma è quasi comprensibile.

Comincio a sognare ad occhi aperti, e la festa diventa una mera eco distante.

6

Emma

ei anni prima

"TE LO PROMETTO, incontrerai un sacco di bei ragazzi stasera," mi sussurra la mia amica Candace nell'orecchio. "Inoltre, ho sentito dire che ci saranno anche i ragazzi più grandi. Tipo quelli già diplomati, che già lavorano. Non è pazzesco?"

Lo dice come se avessimo vinto qualche sorta di premio. Io ridacchio mentre lei mi fa scendere dal marciapiede. Siamo in un quartiere vicino alla Stanford, siamo vestite di tutto punto e siamo già mezze brille.

Riesco a sentire il baccano della festa ancora prima di vedere la casa dove si sta svolgendo. La casa è modesta: una baracchetta grigia a malapena grande abbastanza da contenere due camere da letto. La musica a tutto volume si riversa nel giardino; c'è una marea di gente che cerca di parlare sovrastando la musica fastidiosa, e qualche ragazza balla.

"Vedi? Che ti avevo detto?" mi dice Candace stringendomi il braccio con forza. "Ma la vera festa è dentro."

La prendo per mano, percorriamo il vialetto e ci infiliamo tra la folla cercando di raggiungere la porta di ingresso. Dentro c'è ancora più gente, con persone che chiacchierano da tutte le parti mentre altri gli passano accanto cercando di raggiungere la porta sul davanti o quella sul retro.

"Tammy!" grida Candace.

Una bionda carina si gira. Tammy sgrana gli occhi e lancia un gridolino entusiasta. "Ragazze! Ce l'avete fatta!"

Sgomitiamo fino a raggiungerla. Noto che Tammy è in piedi vicino a un tavolino di plastica che funge da bar improvvisato. Sul tavolino ci sono almeno venti bottiglie di liquore scadente, e un'altra mezza dozzina di bottiglie di coca cola.

Quando raggiungiamo Tammy, vediamo che ha già una fila di shot allineati sul tavolino.

"Venite qui, zoccolette!" ci grida dandoci un bicchiere a testa.

Lancio un'occhiata sospetta al liquido purpureo in fondo al bicchiere. "Che cos'è?"

"Niente domande, sciocchina!" mi dice Tammy. "Salute!"

Lei e Candace brindano, e così anche io faccio lo stesso. E poi beviamo. È a dir poco stucchevole. Penso che sia letteralmente vodka mischiata a Kool-Aid e una mezza tonnellata di zucchero.

"Fantastico!" dice Candace. "Sei la barista migliore del mondo, Tammy."

Tammy sorride. "Andiamo, usciamo in giardino. Hanno un blocco di ghiaccio per preparare gli shottini!"

"Omiodio, veramente?" strilla Candace con voce acuta.

Io sospiro e le seguo. Se la sola idea di approcciare un ragazzo non mi pietrificasse, non sarei mai venuta. Ma ora sono qui, e quindi acconsento a fare tutto quello che vogliono fare loro.

Passo le due ore successive a scolarmi shot, a giocare a beer pong e a tentare la fortuna a un gioco di carte che tutti sembrano conoscere che si chiama "Re e Stronzi".

Le cose cominciano a farsi sfocate piuttosto velocemente. Non ci provo nemmeno a tenere il conto dei drink che mi scolo. Le mie amiche ormai sono mezze ubriache e, a quanto pare, pure io.

Cominciamo a parlottare con un gruppetto di ragazzi che Candace conosce dalle superiori. Candace pomicia con uno di loro per un bel po' di tempo. Poi, dopo chissà quanto, corre verso i cespugli e vomita. Io vado con lei cercando di aiutarla, ma il ragazzo con cui stava pomiciando mi scaccia via.

"Ogni tanto le succede," mi dice lui facendo spallucce. "La porto a casa. Niente scherzi, lo giuro."

La porta via dalla festa quasi trascinandola. Io mi guardo in giro cercando Tammy, ma è misteriosamente scomparsa.

Dannazione. Ora sono ubriaca e sola.

Uno dei ragazzi che Candace mi ha presentato, un tale Brad, mi viene vicino e mi mette un braccio attorno alle spalle. Nel mio cervello ubriaco si accende una lucina rossa. Devo togliermi dai piedi, e alla svelta.

Tiro fuori il cellulare, mi dileguo e vado a sedermi sull'erba. Prima chiamo Asher, ma il suo telefono squilla a vuoto fino a quando non parte la segreteria telefonica.

Dopo qualche tentativo, riaggancio. "Stronzo."

Continuo a controllare la rubrica fino a fermarmi su Jameson. Vale la pena di tentare, mi dico, e lo chiamo. Non mi aspetto che risponda.

"Pronto?"

"Oh!" dico. "Hai risposto."

Lui esita per un istante. Sento una voce che mormora. Non

riesco a sentire cosa viene detto, ma a giudicare dal timbro di voce deve trattarsi di una donna.

"Aspetta." Sento del rumore, come se stesse spostando il telefono da una parte all'altra. "Emma? Va tutto bene?"

"Sono a una festa," gli dico. Poi, non sapendo nemmeno se sto biascicando o no, gli dico. "Penso... penso di aver bisogno di un passaggio. Asher non mi risponde."

Singhiozzo e non dico più nulla.

"Merda," mi dice Jameson. "Uhhh... va bene. Dove ti trovi?"

"Sono..." Mi giro e guardo la casa. "704 di Sycamore Drive."

"Va bene. Sei in un luogo sicuro ora? Puoi aspettare dieci o quindici minuti fino al mio arrivo?"

"Sì," dico, colta dal singhiozzo. "Sto alla grande."

"Okay. Non ti muovere. Arrivo subito."

Sorrido. Jameson sta venendo qui, in questo preciso istante. Sta venendo a prendermi!

La cosa mi rende assurdamente felice. Mi siedo e lo aspetto, allegramente ubriaca.

"Ehi," mi dice un tizio che non conosco. È solo a pochi metri di distanza ed è vestito completamente di nero. "Che fai qui tutta sola?"

Strizzo gli occhi guardarlo. Sono abbastanza sicura che sia un po' troppo vecchio per una festa come questa.

"Chi sei?" gli chiedo. "Non mi sembra tu faccia le superiori."

Lui ridacchia e si avvicina. "Non ti preoccupare di quello. Come ti chiami?"

Mi acciglio. "Non mi piaci. Vai via."

Si accuccia vicino a me. Da questa distanza riesco a sentire che l'alito gli puzza di birra, e sento anche la colonia che si è spruzzato addosso.

"Ah, fai la bambina cattiva," mi dice. "Qualcuno dovrebbe insegnarti le buone maniere. E forse quel qualcuno dovrei essere io."

"Lasciami in pace," dico, scossa dalle sue parole. Provo a mettermi in piedi, ma cado. "Non mi parlare."

"Sei bella ubriaca. Vieni, ti accompagno a casa," mi dice. "Non vorremmo ti succedesse qualcosa di brutto, no?"

Jameson sbuca fuori dal nulla. Dà un'occhiata alla situazione – io che tremolo senza riuscire a mettermi in piedi, il tizio che mi viene vicino sogghignando – e subito corre verso di noi.

"Allontanati immediatamente da lei," gli dice ringhiando. Vicino a Jameson, quel tizio sembra minuscolo, innocuo.

"Wow," dice il tizio sollevando le mani. "Non sapevo fosse impegnata."

A questo punto Jameson sbotta. Si lancia in avanti e afferra il tizio per la maglietta.

"Non si trattano così le persone," gli dice a denti stretti dandogli una scrollata. "Se qualcuno ti dice che te ne devi andare, tu te ne vai."

"Va bene!" dice il tizio con voce acuta. "Lasciami andare, amico."

Jameson gli dà uno spintone. "Te ne devi andare. Non ti voglio più vedere intorno a lei. *Comprende*?"

"Vaffanculo," dice l'altro tizio mentre si allontana.

Io resto lì, grata e tremante. Jameson mi guarda.

"Stai bene?" mi chiede.

"Mhmm." Vorrei gettargli le braccia al collo e ringraziarlo. Vorrei baciarlo, o magari dirgli che lo amo. Ma, d'improvviso, comincio a sentirmi male.

Lo guardo. Ho gli occhi umidi e la bocca piena di saliva. Sto per vomitare.

"Andiamo in macchina, eh?" Jameson mi si avvicina, io sollevo un braccio...

E poi gli vomito sulle Converse. Lui fa un balzo all'indietro. "Cazzo."

Vorrei scusarmi, ma a quanto pare non ho ancora finito. Corro verso i cespugli e vomito un altro paio di volte, rigettando un liquido violaceo. Sicuramente qualcosa di cui preoccuparsi.

Sono a dir poco imbarazzata. Non solo sto vomitando, ma lo sto facendo proprio davanti al ragazzo dei miei sogni. È un pensiero che non si allontana mai dalla superficie, invischiato con tutto il resto delle cose che mi passano per la mente.

Jameson mi si avvicina, mi scosta i capelli dal viso e mi massaggia la schiena fino a quando non ho finito. Penso mi mormori qualcosa per confortarmi, che mi dica che andrà tutto bene, ma io sono troppo presa dal mio vomito.

Quando ho finito, Jameson mi guida verso la sua macchina e mi fa salire. Mi accascio contro la portiera e lui mi porta nella casa che condivide con Asher. Sono imbarazzata, esausta e ubriaca.

Jameson, in qualche modo, riesce a farmi entrare in casa e a farmi sistemare sul divano del suo soggiorno. Mi stravacco e lui mi sfila le scarpe e mi porta un bicchiere d'acqua.

Mi mette una coperta addosso e spegne le luci.

"Mi dispiace," dico biascicando, con gli occhi che mi si chiudono.

Penso di scorgere un sorriso nella sua voce, ma non ne sono sicuro. "No, non fa niente."

"Non è così che doveva andare stanotte..." sussurro.

E poi mi addormento.

7

Jameson

ggi

GUARDO in giro per l'appartamento. Guardo le pile di giornali vecchi, le pile di immondizia, e le due pile di quelli che sembrano essere dei vestiti. Ogni pila trabocca. Alcune sono così alte che arrivano quasi al soffitto. C'è un sentiero che si snoda tra le pile di roba, ma ho paura a muovermi troppo in fretta. Una mossa sbagliata, e ho come l'impressione che si scatenerebbe una valanga in miniatura.

Sollevo un pezzo di compensato poggiato in cima a un mucchio di lavatrici rotte. Qualunque cosa ci sia sotto, ha un odore tremendo. Faccio un passo indietro e arriccio il naso.

"*La miseria*." Asher si copre la bocca e tossisce mentre la polvere svolazza dappertutto. Ci troviamo nell'appartamento adiacente al nostro, l'altra parte del duplex, e dobbiamo ripulirlo. "Penso che il proprietario usasse questo posto come discarica. E sono sicuro che qui ci sia passato qualche animale."

Sono d'accordo. Sollevo il compensato sopra la testa e, facendo la massima attenzione, cammino in mezzo alle parti di computer e ai giornali fino a quando non raggiungo l'esterno. Poggio il compensato sul portico, di fianco a tutto il ciarpame che abbiamo già tirato fuori.

Dopo alcuni giorni passati senza fare nessuno sforzo fisico degno di nota, mi fa stare bene fare un po' di esercizio fisico. Sono leggermente sudato. Mi stacco la maglietta dal petto per farmi un po' d'aria.

Asher mi viene incontro e mi dà una bottiglietta d'acqua. "Che ne pensi?"

Lo guardo e svito il tappo. "Di cosa?"

"Della casa. Voglio dire, dopo che abbiamo finito di pulire, ce lo vedi un appartamento dove qualcuno potrebbe vivere?"

Ci penso su per un minuto. "Sì. La casa ha un'ottima struttura, penso. L'unica cosa è che è piena di immondizia." Mi appoggio alla parete. "Per rimuovere tutto quello che va a finire direttamente nella discarica, basta chiamare i netturbini. Ci penseranno loro."

"Mhmm," dice lui annuendo. "Dovremmo cominciare con i giornali?"

"Sì... Avvicina il furgone e io comincio a portare le pile qui fuori.

"Certo." Scende dal portico e io rientro in casa.

Prendo un mucchio di giornali dalla pila più vicina e li porto fuori. Guardo Asher, che sta facendo retromarcia. Non mi ha parlato molto di dove si sia andato a cacciare negli ultimi tempi – l'unica cosa che so, è che non era a casa.

È un po' strana, come cosa, perché io mi sento come se fossi rimasto qui, ciondoloni, ad aspettare che lui ricominciasse a fidarsi di me, come ai vecchi tempi.

Voglio dire, ho persino rotto con Emma pensando che lui potesse scoprirci e incazzarsi sul serio. Ma, ovviamente, lui è stato troppo impegnato per conto suo per badare a quello che stavamo facendo noi.

Ha passato molto tempo con Evie, a quanto pare, almeno stando alla sua confessione da ubriaco. Non so cosa ricordi e cosa no di quella sera, o che Evie l'ha lasciato con il cuore a pezzi.

Dev'essere successo qualcosa di brutto tra di loro... ma vedendo come Asher è rimasto nei paraggi solo per un paio di settimane e poi è scomparso per una seconda volta, penso che tutto sia stato risolto, qualunque cosa fosse.

Non sono arrabbiato per la cosa in sé. Sono arrabbiato perché io avrei potuto pensare a me stesso, a Emma, se non fosse stato per l'amicizia che mi lega ad Asher.

E ora in pratica sono qui a chiedermi se forse la mia reazione è stata esagerata e mi sono praticamente dato la zappa sui piedi da solo per una cosa a cui lui forse nemmeno importa.

"Fammi prendere questi..." dice Asher sollevando alcune delle pile di giornali che ho già trascinato fuori dalla casa e sistemandole sul furgone.

E così cominciamo entrambi a spostare pile di giornali da qui a lì, portandoli fuori dalla casa e gettandoli sul retro del furgone. Per un po' sono più che contento di poterlo fare in silenzio ma, dopo un po', quello stesso silenzio mi stanca.

"Dove sei stato negli ultimi tempi?" gli chiedo portando fuori una pila di giornali dal soggiorno.

Asher farfuglia un po'. "Non pensavo te ne fossi accorto."

Sollevo un sopracciglio. "Pensavi non mi sarei accorto del fatto che eri sparito dalla casa in cui entrambi viviamo?"

"Giusto." Scuote il capo. "Forse speravo solo che tu facessi come fai sempre, ovvero andare a convivere con qualche pollastra surfista senza prestare molta attenzione a quello che combino io."

Mi fermo. "È questo quello che pensi che io faccia?"

"Insomma, sì... ormai è qualche anno che questo è il tuo modus operandi, no?"

Non avevo considerato la cosa in questo modo. "Va bene, ma a parte me. Perché... stai evitando di tornare a casa?"

Asher solleva una pila di giornali, la porta fuori e la getta nel furgone. Quando torna, si asciuga il sudore dalla fronte.

"Non è una cosa che faccio di proposito. È che... mi sto vedendo con questa ragazza, e lei è ossessionata dal voler tenere il tutto tra di noi, in privato."

"Intendi Evie, vero?"

Lui mi guarda, chiaramente sorpreso. "Come fai a sapere che è Evie?"

Alzo gli occhi al cielo. "Me lo hai detto quando eri ubriaco. L'hai anche chiamata stronza."

Asher si acciglia. "Dio che traditore che sono quando sono ubriaco. Non avrei dovuto dirti niente."

Lo guardo. "Senti, io sono il tuo migliore amico. Puoi dirmi tutto, e lo sai."

Lui distoglie lo sguardo. "Sì, lo so, ma..."

Mi sento abbastanza offeso. "Che intendi con *ma*?"

Sembra accorgersi aver appena messo piede in un'area proibita. "Scusa. Io... non dovrei parlarne e basta. Ecco tutto."

Sollevo una pila di giornali. "Ah, quindi è così? Siamo migliori amici fino a quando non arriva una ragazza e si intromette tra di noi?"

"Non è così. Siamo sempre amici..."

La mia faccia si contorce. "A parte quando tu metti la tua ragazza al primo posto. Giusto?"

"Non in modo così esplicito.

"Che stronzata," dico io bruscamente uscendo dalla casa. Getto i giornali nel furgone. Sono disgustato. Da lui, ma anche da me stesso.

Asher mi segue. "Lo capirai quando incontrerai la ragazza con la quale sei destinato a stare."

La prima cosa che mi viene in mente è Emma. Voglio dire, io ed Emma non ci siamo frequentati abbastanza a lungo da permettermi di saperlo con certezza, ma mi sento ancora amareggiato. Lo guardo.

"E tu come fai a sapere che non mi è già successo?" gli chiedo.

"Lo sapresti. Non faresti altro che parlarne."

"Forse invece non è così. Forse sono più bravo a tenere chiusa la mia cazzo di bocca."

Asher alza gli occhi al cielo. "Ormai è troppo tempo che non frequenti una ragazza per sapere di cosa stai parlando."

Stringo i pugni. Se la sua intenzione era di litigare, ecco che ci è riuscito.

"Tu non mi conosci," dico digrignando i denti. "Una volta sì, mi conoscevi, ma ora non più. Non hai idea di quali ragazze frequento, e non hai nemmeno voce in capitolo."

"Voce in capitolo?" Queste parole sembrano confonderlo.

Apro la bocca per dirgli tutto, per sputare il rospo a proposito di Emma.

E poi a lui squilla quel cazzo di cellulare. Mi guarda, si acciglia, e tira fuori il cellulare dalla tasca.

"Merda," mormora. Si gira dall'altra parte e risponde. "Pronto?"

Parla per un minuto, guardandomi di quando i quando. Poi riaggancia.

"Era Gunnar. C'è qualcosa che non va con i frigoriferi al locale. Non funzionano."

"Cosa? Perché non ha chiamato me?"

Asher fa spallucce. "Non lo so. Ma ora devo andare al bar. Penso che dovremo chiamare qualcuno per farli riparare."

Stringo gli occhi. "Uh huh."

"Andiamo, su, non vorrai mica mettere il muso per questa storia? Finiremo di parlarne più tardi."

"Non serve. Mi sembra che ci siamo detti tutto quello che dovevamo dirci. Veramente."

Rientro in casa. Sono furibondo.

"Jameson!" dice Asher.

Ma ora basta. Basta con il suo egocentrismo. Basta col far finta che siamo migliori amici. È stato più che chiaro: per lui la sua migliore amica è Evie.

E, soprattutto, basta con quelle sue regole idiote.

Ovviamente ora è tardi per andare semplicemente da Emma e dirglielo. Penso che dirle *Ehi, mi spiace, ho cambiato idea*, non servirà a granché.

Ma è liberatorio sapere che, d'ora in avanti, non dovrò più vivere sottostando alle sue regole. La domanda è: come sarà il futuro senza le asfissianti regole di Asher?

E perché non riesco a immaginarmi un futuro con una persona che non sia Emma?

8

Emma

"Sì, va bene, ma cosa ne pensiamo? Pensiamo che sia la quantità giusta di esagerato, oppure è decisamente troppo?" mi chiede Maia posando sulla soglia del suo soggiorno. "Non voglio cadere preda dell'istinto di mia madre che tende a esagerare con tutto. Viene da Hong Kong, quindi in parte è giustificata, ma... sai, no?"

Io e la bella Alice siamo sedute su un basso divano di pelle blu. Stiamo guardando come si è vestita Maia: indossa una tuta di pizzo rossa scollata davanti e di dietro che enfatizza alla perfezione il suo minuscolo girovita.

"Io penso sia perfetta," dice Alice. "Veramente audace."

"Non è troppo succinto?" chiede Maia girandosi per permetterci di ispezionarla. Il suo accento britannico mi fa sorridere.

"No," la rassicuro io. "Sarai la più bella del ballo."

"Fantastico!" dice lei. "Voglio dire, anche se stiamo andando semplicemente al Cure, voglio essere sicura di fare la mia porca figura."

Mi alzo e passo le mani sulla gonna a quadretti del mio vestitino. "Penso che forse sarà un errore andare al Cure. Non siamo abbastanza sexy."

Alice e Maia si guardano. Si scambiano tacitamente qualche segreto e sopprimono un sorrisetto.

"Cominciamo dal Cure. Poi, se la festa fa schifo, ce ne andremo da qualche altra parte," suggerisce Alice.

Io sollevo le sopracciglia, ma non dico nulla. Anche perché non mi viene in mente nessuna idea migliore.

"Va bene, andiamo allora," dice Maia tirando fuori il cellulare. "Chiamo un Uber, così domani mattina nessuna di noi dovrà preoccuparsi di dove ha parcheggiato la macchina."

Usciamo di casa. Rimuovo un pelucco scuro dal vestito bianco di Alice. Lei mi sorride. Saliamo in macchina.

"Sono così felice che tu abbia finalmente acconsentito a venire insieme a noi," mi dice Alice. "Cominciavamo a preoccuparci."

Maia, seduta sul sedile del passeggero, si gira verso di me e vedo che mi sorride. Lo sa che io e Jameson ci stavamo frequentando, ma è troppo ben educata per chiedermi cos'è successo.

"Eh, sì, non so perché ci sia voluto così tanto," dico guardando la strada buia fuori dal finestrino. "Non ho combinato granché, nell'ultimo mese."

"Beh, ora sei qui, ed è questo quello che conta," dice Maia. "E stasera ci divertiremo un mondo."

"Puoi dirlo forte!" dice Alice esultando.

In men che non si dica la macchina si ferma davanti al Cure. Scendiamo e ringraziamo il guidatore. Maia non perde neanche mezzo secondo e praticamente si mette a correre verso la porta del bar.

Guardo Alice e le rivolgo un'occhiata interrogativa. Lei fa

spallucce e alza gli occhi al cielo, e poi entrambe ci affrettiamo per raggiungere Maia.

Non appena Maia spalanca la porta del locale, i bassi a tutto volume mi fanno vibrare le suole delle scarpe. Entro seguendo Maia e Alice, mentre i miei occhi cercando di adeguarsi alle luci soffuse della sala. Ci sono diversi laser che tagliano la nebbia.

Ed è anche strapieno di gente. Sono solo le dieci e mezza, ma il DJ che ha chiamato Gunnar a quanto pare dev'essere un pezzo grosso. C'è gente dappertutto, gente che balla e parla e tende l'orecchio cercando di capire quello che gli altri stanno loro dicendo.

"Wow," urla Alice. "Non me lo aspettavo!"

Maia si fa strada tra la folla, e io e Alice la seguiamo. Mentre camminiamo, scorgo Brad che balla in modo goffo con Gisella, in faccia ha stampato un sorriso da vero ebete.

Mi fermo e li saluto, e noto che le mani di Brad non si lasciano mai i fianchi di Gisella. E per questo li invidio. Sembrano entrambi così felici. E li invidio anche per quello.

Poi mi allontano e i miei occhi cominciano automaticamente a cercare Jameson. Il bar è così affollato che mi ci vuole un minuto buono prima di riuscire a individuarlo.

Ma poi lo vedo. Alto, bello, in camicia, che lavora in silenzio e con furia dietro al bancone. Quando arrivo al bancone, strizzandomi nel poco spazio che Maia è riuscita a tenere da parte per me, Jameson sta utilizzando due shaker contemporaneamente.

Shakera i cocktail con nonchalance, e poi lì versa dentro i bicchieri. È bello poterlo vedere così, nel suo habitat naturale. È quasi come prima che ci baciassimo, quando lo osservavo lavorare dietro al bancone con i miei occhioni da ragazzina innamorata.

Sospiro nell'esatto istante in cui lui alza lo sguardo e mi guarda negli occhi. Sembra confuso per un secondo, ma poi il suo viso viene invaso da un sogghigno ridicolo. Assottiglio gli occhi.

"Ecco, tieni," dice Alice mettendomi un drink in mano. Io lo prendo e mi giro verso le mie amiche.

"A noi!" grida Maia alzando il suo flûte di champagne. "Che possiamo vivere per sempre."

Facciamo tintinnare i bicchieri e beviamo. Il mio cocktail è veramente buono, sento le bollicine dello champagne con un goccio di... spezie *chai*? Cannella, cardamomo e compagnia bella.

"Woo!" grida Alice, contenta. "Diamo inizio alla festa!"

Si gira verso il bar e indica Forest. "Un altro giro!!!"

Forest le sorride e ubbidisce. Io bevo di nuovo un sorso di champagne e mi metto a ridere quando Maia avvolge le sue dita attorno allo stelo del mio bicchiere e me lo spinge verso le labbra.

Mi costringe a bere molto più velocemente di quanto non farei di norma, ma va bene. Questo è il posto più sicuro della faccia della Terra dove ubriacarmi, considerando che appartiene ad Asher e a Jameson.

Lancio un'altra occhiata a Jameson e mi scolo velocemente il mio primo drink. Lui mi guarda di nuovo negli occhi e, per un secondo, giuro sembra che non ci sia nessun altro nella stanza. Il tempo rallenta. Faccio un passo in avanti, quasi dimenticandomi del fatto che ormai non ci frequentiamo più.

"Ehi," dice Maia ficcandomi il gomito nelle costole. "Sei con noi o cosa? È tempo di giocare."

"Uh?" dico io dandomi una scrollata. "Giocare a cosa?"

"Ci troveremo ognuna un bel manzo con cui pomiciare. Questo è l'obiettivo per stasera." Mi rivolge un sorriso malizioso.

"To', un altro drink," mi dice Alice togliendomi il bicchiere vuoto dalla mano e rimpiazzandolo con uno pieno. "Dopo aver finito questo, allora possiamo ballare."

"Avete una pessima influenza su di me." Bevo un po' di champagne e rido.

"Siamo semplicemente stufe dei ragazzi che ci dicono come dovremmo essere," dice Maia facendo spallucce. "Personalmente io non ne posso più di stare a sentire le opinioni dei maschi."

"Brindiamo a questo, allora!" dico io sollevando il calice.

Finiamo di bere e ci buttiamo in pista. Mi sento alla grande, frizzante come lo champagne, libera come un uccello. Ballo con le mie ragazze, me la godo, mi diverto. Qualcuno ordina un altro giro e mi bevo pure quello.

Di quando in quando mi giro verso Jameson, senza fare nemmeno finta di farlo di soppiatto. Ogni volta noto che lui mi sta già guardando, gli occhi incollati su di me.

Sapere che lui è costretto a restarsene lì e a guardare, a pensare a quando si è arreso e mi ha scaricata... devo ammetterlo: è una consapevolezza tonificante. Mi fa venire voglia di dimenarmi ancora di più, per più a lungo, con un sorriso segreto stampato in volto.

Poi mi accorgo che un tizio mi sta ballando vicino. Lo guardo negli occhi un paio di volte, e allora lui viene a ballarmi ancora più vicino.

Io mi muovo, facendo sì che il mio linguaggio del corpo sia palese, e in men che non si dica ci ritroviamo a ballare insieme. Non ci tocchiamo, no, ma balliamo insieme.

"Come ti chiami?" mi grida in un orecchio.

"Emma!" grido io."

"Piacere Emma! Io sono Jake! Sei un'ottima ballerina!"

"Grazie!"

Mi mordo le labbra e gli poggio le mani sulle spalle. Jake sorrise e mi poggia le mani sui fianchi, facendomi avvicinare a lui.

Io mi sporgo in avanti e noto che ha un buon odore. Tipo di sandalo. E sì, non tanto alto e misterioso quanto Jameson, ma è veramente sexy. È alto e dinoccolato, ma anche atletico. Lo guardo provando a indovinare la sua età.

Probabilmente ha solo qualche anno in più di me. L'età giusta, penso. Studio le sue scarpe e i suoi vestiti e decido che non fa parte dello strato sociale a cui appartengono i miei genitori.

Il che, automaticamente, me lo fa piacere ancora di più. Jake mi fa volteggiare verso Jameson. Lo guardo. È incazzato nero. Sembra quasi che abbia delle nubi nere cariche di pioggia che gli circondano la testa.

Lo so che è una cosa meschina, ma ne sono contenta. Sono contenta che Jameson mi veda ballare con un altro uomo. Sono contenta di divertirmi con Jake. Sono contenta che Jameson abbia un aspetto a dir poco miserabile.

Bene, che si arrabbi, che se la prenda pura. È così che mi sono sentita io per tutto questo tempo, sin da quando mi ha lasciata. Un po' mi fa piacere sbatterglielo in faccia.

"Ehi, ti..." comincia a dire Jake.

Ma non fa in tempo a finire la frase. Mi metto in punta di piedi e gli do un bacio. Lui rimane per un attimo sorpreso, ma fa presto a capire cosa sta succedendo.

Mi abbraccia e mi fa indietreggiare leggermente. È un ottimo baciatore. Apro la bocca invitandolo a darsi da fare.

Sento la sua lingua che serpeggia intorno alla mia, un leggero brivido mi corre lungo la schiena. Chiudo gli occhi e mi abbandono al momento.

"Levati dal cazzo!" sento Jameson che ringhia dietro di me. "Spostati!"

Spalanco gli occhi e vedo Jameson che mi raggiunge e mi strappa via da Jake come fossi una bambola di pezza.

"Ma che cazzo...?" dice Jake guardando Jameson. "Ehi, lasciala andare."

"Fuori dal mio cazzo di bar," gli dice Jameson. "Subito.

Prima che ti butto fuori io. Fidati di me, non sono tipo a cui vuoi rompere le palle."

"Jameson..." dico io.

"Tu zitta," mi dice lui. "Ne ho abbastanza di te stasera."

Guardo Jake, dispiaciuta. "Mi dispiace. Forse faresti meglio ad andartene..."

"Decisamente," dice Jameson. "Io ed Emma qui abbiamo alcune cose da chiarire."

"Jameson..."

Jameson mi trascina via per un braccio. "Dobbiamo parlare in privato."

Guardo Jake, che sembra star valutando l'idea di cominciare a fare a pugni con Jameson. "Va tutto bene, te lo prometto."

Jameson mi costringe a precederlo. Usciamo dal locale, sotto il chiaro di luna. Fuori ci sono alcuni clienti, e così Jameson mi trascina lontana. Emergiamo in quel vicolo in cui per poco non facemmo sesso, e io mi svincolo dalla sua presa.

"Lasciami *andare*," gli dico guardandolo in cagnesco. "Ma che problemi hai?"

Lui mi guarda e fa un passo in avanti. È enorme. È come se mi accorgessi solo ora, all'improvviso, della sua fisicità. Jameson è un uomo grosso. Se volesse, potrebbe farmi veramente, veramente, veramente molto male.

Ma non lo fa. Mi si avvicina, intimidendomi con il semplice sguardo.

"Non puoi venire nel mio bar a rimorchiare degli sconosciuti e pensare che io non farò una piega," dice.

Faccio un respiro profondo. Sento i suoi occhi su di me, il suo sguardo un po' troppo intenso in questo vicolo puzzolente. Mi metto a braccia conserte, come per negargli l'accesso al mio corpo.

"Io dovrei poter fare quello che mi pare e piace. Vedere

chiunque mi vada di vedere, dove mi va di vederlo. Forse te lo sei scordato, ma sei *tu* che mi hai *mollata*."

Lui stringe i pugni e si fa avanti. "Non è giusto. Lo sai che non intendevo in quel senso."

Inclino la testa da un lato. "Ma che diavolo significa?"

Taglia l'aria con un gesto della mano. "Voglio dire che se ti ho lasciata è stato solo per tuo fratello. Non significa che io non..."

Non finisce la frase. Mi metto le mani sui fianchi.

"Cosa, che non provi qualcosa per me? Pensavo che la nostra fosse una semplice avventura. Sembravi morire dalla voglia di farmelo sapere."

Jameson distoglie lo sguardo. "Beh, stavo provando a fare un favore ad entrambi."

Mi metto a ridere. Non ne posso fare a meno.

"Risparmiatela, va bene? Qualunque cosa tu stia provando a dire o a fare, non importa."

"Sì che importa se ti comporti così davanti ai miei occhi, dentro al mio bar!" mi dice tuonando.

Le parole che dico poi mi escono dalla bocca senza volerlo, e lo dico con una tale forza che dopo comincio a tremare: "Non è stata una mia scelta, Jameson! È stata tua! E quindi ora dovrai conviverci!"

"Emma... Emma, aspetta!" prova a dirmi.

Ma io non lo ascolto. Basta con Jameson, con Asher e tutte le loro stronzate.

Furibonda, mi giro e corro via verso il parcheggio. Le lacrime mi oscurano la vista. Tiro fuori il cellulare e chiamo un Uber che mi porti lontano da qui.

9

Emma

Sono a casa da sola, cosa che ultimamente capita sempre più di frequente. Evie continua a pagare la sua parte di affitto, cinquecento miseri verdoni al mese, ma ormai sono due settimane che non la vedo.

Le ho scritto diverse volte, chiedendole quando sarebbe tornata e invitarla a fare questo o quello. Ma lei ogni volta mi risponde propinandomi una qualche scusa vaga. Sono abbastanza sicura che presto si trasferirà da qualche altra parte. Ormai sono pronta.

E così me ne sto seduta sotto il sole di metà mattina a leggere una vecchia copia della Standford Law Review sul portico di casa mia. Penso a qualcosa da mangiare, sognando vagamente una bella omelette.

Alzo la testa e vedo Asher che mi viene incontro con una scatola di paste e due tazze di caffè in equilibrio precario sul braccio. Sollevo le sopracciglia: non mi aspettavo di vederlo qui oggi.

"Evie non c'è," gli dico mentre sale le scale del portico. "Ma pensavo lo sapessi."

Mi lancia un'occhiata strana. "Io sono qui per vedere te."

Divento subito sospettosa. "Cosa? Perché?"

Asher poggia la scatola sul tavolino tra le due sedie di vimini.

"Un fratello non può venire a passare un po' di tempo con la sua sorellina, di quando in quando?"

Mi dà una tazza di caffè. La prendo assottigliando gli occhi. Bevo un sorso di caffè per vedere com'è, e devo dire che è molto buono.

"Mhmm. Dipende. Ho come l'impressione che tu abbia ulteriori motivi." Metto giù la Law Review.

"No, ho solo una grossa scatola di croissants." Mi rivolge un sorriso innocente e apre il coperchio della scatola.

"Così non fai altro che rendermi ancora più sospettosa," gli dico afferrando un croissant. "Penso proprio che dovresti dirmi perché sei venuto."

"Rilassati, su," mi dice.

Con lui non c'è mai niente di cui rilassarsi. È da quando eravamo bambini che devo correre a tutta velocità per stargli dietro. I nostri genitori ci hanno messo in competizione sin dal primo giorno.

E io questo lo so, però, lo stesso, non posso fare a meno che Asher mi innervosisca un po'. Giusto un po'.

Qualunque cosa debba dirmi, deve trattarsi di qualcosa di importante. Sta mostrando appena appena la sua mano, offuscando le sue vere intenzioni un po' troppo perché possa trattarsi di qualcos'altro.

Mordo il croissant. È ottimo: burroso e croccante. "Mhmm."

"Buono, eh?" mi dice Asher sorridendo. "Li ho comprati da Bennet's. In pratica sono il cibo perfetto."

"Uh huh." Lo guardo con la coda dell'occhio, in attesa che mi riveli il vero motivo dietro la sua visita. Beve un po' di caffè, cincischiando e giocherellando.

Non ho idea di cosa stia per dirmi, ma è chiaro che si tratta di qualcosa di veramente importante. Mentre io me ne sto qui a masticare il mio croissant, lui sembra arrovellarsi per scegliere le parole più adatte.

"Ehi, ti ricordi perché misi quella regola secondo la quale ai miei amici non è consentito uscire con te?" mi chiede.

Inarco un sopracciglio. "Mhmm... no, non di preciso."

Asher si appoggia allo schienale della sedia, che scricchiola sotto il suo peso.

"Ti ricordi di Corey Helm?"

Me lo ricordo. Capelli biondi, mento sfuggente, dalla mano lunga. "Sì, purtroppo."

Asher annuisce. "Corey era un tipo apposto, un buon amico. Ma con le donne si comportava sempre in modo strano, viscido. Era disperato per avere le attenzioni delle donne, e loro, penso, beh... se ne accorgevano. E ciò le faceva allontanare da lui."

"Sì, era a dir poco strambo." Bevo il mio caffè placidamente, domandandomi cosa mai abbia a che a fare tutto ciò con quello che Asher è venuto qui a dirmi.

"Quindi non è stato prima di quell'estate, quella in cui hai, diciamo... sviluppato?"

Sorrido. "Quando avevo quindici anni. L'estate in cui mi sono cresciute le tette?"

Lui si sposta sulla sedia, chiaramente a disagio. "Sì. Vabbè."

Alzo gli occhi al cielo. "E?"

"E siamo andati tutti insieme in piscina, i miei amici e le tue amiche."

"Me lo ricordo. Mi ricordo che Karen stravedeva per te, che passò l'intera estate a seguirti dappertutto come un cagnolino. E tu non facesti nulla per scoraggiarla."

Asher arrossisce. "Non uno dei miei momenti migliori."

Finisco di mangiare il mio croissant e faccio spallucce. Lui continua con la sua storia.

"Ad ogni modo, mi ricordo di essere entrato negli spogliatoi. C'erano alcuni ragazzi, e Corey stava dicendo loro... stava descrivendo loro... il tuo corpo. Nei minimi dettagli." Fa una smorfia.

"Ugh, veramente? Che schifo."

"E allora non ci ho visto più. Non solo perché nessun uomo dovrebbe azzardarsi a parlare così di una ragazza. E non solo perché tu sei la mia sorellina, anche se in parte fu anche per quello."

"No?" chiedo stringendo tra le dita un filetto che spunta dall'orlo della mia t-shirt.

"No. Mi sono arrabbiato perché tra di voi ci sono quasi dieci anni di differenza! Voglio dire, eri così giovane, non... pronta per quel genere di attenzioni da parte degli uomini. E invece a Corey di questo non gliene fregava niente."

Guardo mio fratello per un lungo secondo.

"Hai fatto bene a dirgliene quattro perché pensavi che il suo comportamento fosse inappropriato. Ed è così. Ma è così che va il mondo. Non puoi salvarmi dalla realtà semplicemente dicendo ai tuoi amici di lasciarmi perdere."

Asher abbassa lo sguardo. "Sì... lo so. È che... fanculo quel tipo, no?"

Poggio la tazza di caffè e gli do una pacca sulle spalle. "Si. Fanculo anche al patriarcato, visto che ci siamo."

Lui sorride. "Giusto."

"Ma ho come la sensazione che c'è un motivo se mi hai raccontato questa storia, vero?"

Lui annuisce e beve un sorso di caffè. "Sì. È così."

"E? Hai intenzione di dirmi di te e di Evie, a un certo punto?"

Asher mi guarda, sorpreso. "Lo sai già?"

"Ma certo che lo so." Mi metto a braccia consorte. "Sei la persona più inconsapevole della storia."

Lui fa una smorfia. "Qualcuno mi ha accusato di essere egocentrico."

"E a ragione, direi io."

Lui solleva le mani. "Va bene. D'accordo, sono il fratello maggiore fuori dalla realtà."

Sorrido. "Mi fa piacere che finalmente cominci a rendertene conto. Cominciavo a stufarmi della tua impervia nei confronti della realtà."

"Sei veramente spiritosa, lo sai?"

"Ci provo." Prendo di nuovo la mia tazza di caffè e lo guardo. "Questa tua piccola ammissione è lo stratagemma d'apertura per qualcos'altro? Mi stai per dire che Evie verrà a vivere con te?"

Asher sembra leggermente a disagio. "Voglio dire, vorrei farlo, ma lei ci tiene troppo alla sua indipendenza. È così testarda."

Sono colpita, e anche un po' sollevata. "Buon per lei."

"Tu prenderesti le sue parti." Sospira. "Ma le cose sono un po' più complicate di così."

"Ovvio che siano complicate," dico io. "Niente che vale la pena è mai facile."

"Mhmm," dice lui annuendo. "Non lo so. Evie ha messo a soqquadro il mio mondo, a quanto sembra."

Sbircio nella scatola di paste e adocchio un secondo croissant. "Quindi sei venuto qui semplicemente per... cosa, dirmi che vi frequentate?"

Lui fa spallucce. "È tutto quello che ho da dirti, ora. Anzi..." Guarda il suo cellulare. "Probabilmente dovrei andare. Oggi dobbiamo aprire un po' prima. È in arrivo una grossa spedizione di liquori."

"Okay." Lo guardo alzarsi e finire di bere il suo caffè. "Ci penso io al bicchiere."

"Passa dal bar nei prossimi giorni. Sto provando un sacco di cocktail a base di fiore di sambuco, tanto per soddisfare anche i palati più delicati. Tu sarai la mia cavia."

"Va bene. Ci vediamo."

Asher si allontana e io sospiro. La sua visita è stata inaspettata, ma mi ha fatto piacere. Sapevo già di lui e di Evie, ma è stato dolce da parte sua venire a dirmelo.

Il che mi fa pensare a Jameson. Se mio fratello mi avesse raccontato questa storiella un mese fa, probabilmente l'avrei usata a mio vantaggio per smontare tutte le sue lamentele da fratello maggiore riguardo a me e Jameson.

Ora, ovviamente, non ha più importanza. Ma è mi fa piacere sapere che se Asher si opporrà a qualche mio futuro fidanzato, potrò sempre giocarmi la carta Evie.

Pensare a Jameson deve aver messo in moto chissà quale vibrazione là fuori nell'universo, perché non appena ricomincio a leggere, eccolo che arriva. Parcheggia la moto davanti a casa mia. Sarebbe da mangiare in un sol boccone, come un bel gelato. Lo guardo mentre scende dalla moto, si toglie il casco e si passa una mano in mezzo ai capelli.

Mi viene incontro a lunghe falcate. Indossa dei jeans attillati e una maglietta azzurra. I suoi capelli scuri e il velo di barba che gli copre la mascella non fanno altro che accentuare l'intensità dei suoi occhi. Mi cominciano a tremare le mani quando mi accorgo che è su di me che tutta quell'intensità si concentra.

Riuscirò mai a smettere di sbavargli dietro?, mi chiedo. Arriverà mai un giorno in cui, vedendolo, riuscirò a non sentirmi come se fossimo le ultime due persone sulla Terra? Riuscirò mai a non immaginarmi noi due nudi, abbracciati, non importa per quanto brevemente?

Il suo sguardo mi inchioda sulla sedia. Vorrei denudarmi, qui, su due piedi, e gettarmi ai suoi piedi. Ma ovviamente non lo faccio. Ho ancora un *po'* di orgoglio, dopotutto. Devo concentrarmi su questo.

Quando raggiunge il portico, ormai sono riuscita a darmi una calmata. Non importa che dovrei essere arrabbiata con lui per come sono andate a finire le cose ieri sera.

Non me ne sono dimenticata, ma ora mi sembra tutto così distante. Senza importanza.

Jameson si ferma davanti ai gradini del portico. "Vengo in pace."

La sua voce è grave e rauca. Mi fa venire un brivido lungo la spina dorsale. Inclino la testa, facendo finta di soppesare le sue parole.

"Veramente?" gli chiedo. La mia voce è sorprendentemente calma, dato il tumulto dilaniante che si sta scatenando nella mia testa.

Lui si schiarisce la gola. "Posso venire a sedermi con te?"

Ho la bocca secca. Inclino la testa. "Sì."

Sale i gradini. Lo squadro dalla testa ai piedi. Mi dimentico di quanto è alto e muscoloso, e di quanto minuta sono io rispetto a lui. Si siede e io mi mordo il labbro, rifiutando di ammettere a me stessa la voglia che ho di lui.

Devono essere gli ormoni, non ci piove. Il che spiegherebbe perché ho i capezzoli turgidi e sento la fica che pulsa e si contrae al solo guardarlo.

Jameson si siede di fianco a me e mi guarda rivolgendomi un'espressione esitante. "Mi dispiace per com'è andata ieri sera. Non era mia intenzione."

Lo guardo stringendo gli occhi.

"Suvvia, quale altre potrebbe essere stata la tua intenzione? Che cosa pensi che sarebbe successo quando mi hai trascinata fuori dal locale?"

Lui abbassa un attimo lo sguardo. "Non lo so. Ovviamente non stavo pensando a niente. Io... ti ho vista con quel tizio, e non ho potuto non dirmi... non qui. Non me ne starò qui a guardare quel tizio mentre conquista Emma nel mio spazio."

Inarco un sopracciglio. "Te ne rendi conto che è da pazzi? Da malati mentali."

Lui si acciglia. "Sì, lo so. È solo che... faccio fatica a venire a patti con la nostra rottura, va bene?"

Mi appoggio allo schienale e lo guardo. "Sì, quello l'avevo capito." Corruccio le labbra e mi metto a pensare. "Almeno non sono io l'unica che sta passando un momento difficile."

Jameson mi guarda. I suoi occhi scuri brillano.

"Mi dispiace veramente. Riuscirai a perdonarmi?"

Ho una voglia matta di toccarlo. Mi fremono le dita. Ma invece mi metto a braccia conserte.

"Sì," dico semplicemente. "Ma devi capire che io dovrò voltare pagina. Forse non oggi, forse non domani... ma lo farò, alla fine. E tu non puoi continuare a comportarti da stronzo."

Qualcosa di oscuro gli attraversa lo sguardo, forse dolore. Ma è sparito ancor prima che riesca a dargli un nome. Gli ci vuole un momento prima di riuscire a dire:

"Lo capisco."

Accenno un sorriso. "Bene."

Si alza e si mette le mani in tasca. "Posso sperare nel tuo aiuto con l'esame? Oppure è una cosa da folli, pensare che potrebbe funzionare?"

Ci penso su per un momento. "Lo farò, se prometti di insegnarmi a surfare. Questa volta voglio imparare a mettermi in piedi."

Sorride, e la sua faccia si raggrinza leggermente. "Allora affare fatto."

"Ottimo." Mi alzo in piedi, anche se non devo andare da nessuna parte. "Mi scrivi tu?"

"Ma certo."

E così, senza un'altra parola, se ne va. Lo guardo mentre torna alla sua motocicletta e mi mordo il labbro inferiore.

10

Jameson

Disteso nel letto durante le prime ore del mattino, penso al surf. Oggi sarà un perfetto giorno d'estate. Cieli blu, nemmeno una nuvola all'orizzonte. E le onde dovrebbero essere fenomenali. Il resto della mia vita mi ha spompato: non vedo l'ora di tuffarmi nell'oceano.

E poi penso ad Emma. Penso a lei ogni volta che mi trovo da solo nel mio letto, e spessissimo mi ritrovo a toccarmi il cazzo avendo lei in mente. Non mi vergogno ad ammetterlo – quantomeno a me stesso.

Mi manca fare l'amore con lei.

Mi immagino Emma, i suoi lunghi capelli neri che le scorrono sulla schiena, le sue tette e il suo culo e le sue gambe abbronzate che si stagliano contro quel suo minuscolo bikini bianco. Nella mia mente, lei si gira verso di me e mi sorride.

Mi viene subito duro. Il lenzuolo si solleva a mo' di tenda. Allungo una mano e mi tocco il cazzo con un gesto lento. Mi immagino Emma seduta sul mio cazzo che mi dà un bacio. Io le stringo le cosce, e lei mi cavalca con passione, senza fiato, mentre il mio grosso cazzo le allarga quella sua fichetta delicata.

Mi ci vuole solo un minuto passato a immaginarmi le sue tette perfette che rimbalzano, a immaginarmi i suoi che emetterebbe mentre me la scopo...

Vengo con uno spruzzo che va a finire dappertutto, sporcando le lenzuola e la coperta. E poi resto così per un minuto e poi, con un certo senso di colpa, mi alzo e prendo le coperte e le lenzuola.

È la terza volta questa settimana che devo lavare tutto. La colpa è di Emma: è troppo difficile guardarla o pensare a lei senza che le palle mi si gonfino fino a scoppiare.

Mentre mi vesto per andare in spiaggia, Emma non abbandona mai del tutto i miei pensieri. Mi infilo i pantaloncini e la t-shirt e ripenso alla conversazione che abbiamo avuto ieri. Mi ha chiesto di scriverle...

Fanculo. Prendo il cellulare e le invio un messaggio, giusto per vedere cosa sta combinando.

Sveglia?

Non mi aspetto nessuna risposta, cosa che però ottengo sorprendentemente subito.

Sì. Tu?

Sto per andare in spiaggia. Voglio arrivare lì per l'alba. Interessata?

Aspetto un minuto, e poi vado a prepararmi il caffè. Quando torno a controllare il cellulare, Emma mi ha risposto.

Mi passi a prendere?

Mi viene da sorridere. Le rispondo dicendole che sarò da lei tra un quarto d'ora, e subito vado a preparare la mia roba. Dopo aver trovato l'asciugamano e la protezione solare, prendo anche due tavole da surf. Poi, proprio all'ultimo minuto, riempio due thermos con del caffè ed esco di casa.

Mentre guido verso casa sua mi sento ridicolmente di buon umore. È buffo come i miei malumori scompaiano di fronte alla possibilità di vedere Emma in bikini. Parte di me pensa che sia triste che questa ragazza mi ossessioni fino a tal punto, ma un'altra parte di me è felicissima che lei...

Beh, non mi ha esattamente perdonato. E non è cambiato nulla. Ma ha detto che oggi vuole passare un po' di tempo con me, il che, al momento, è la cosa migliore in cui potessi sperare.

Devo solo prendere i miei timori e malumori e riporli in fondo a tutto. Parcheggio davanti alla casa di Emma e vedo che lei si trova già fuori dalla porta.

Eccola là, bella come sempre cazzo, cazzo. I capelli raccolti in una coda di cavallo, con indosso una minuscola canotta gialla da togliere il fiato e un paio di pantaloncini neri.

Corre verso la mia jeep, spalanca la porta e si mette a sedere. Ha anche uno zaino, probabilmente con dentro la muta. Mi guarda, un sorrisetto sulle labbra.

"Ciao," mi dice.

"Ciao a te," dico io reimmettendomi in strada.

"Possiamo fermarci da qualche parte a prendere un po' di caffè?" mi chiede sbadigliando. Aspetto che si sia messa la cintura, cercando di evitare che il mio sguardo si soffermi troppo sulle sue cosce abbronzate. "È cooooosì presto."

"Ne ho già un po', di caffè, se non ti spiace condividerlo," dico io indicando il sedile posteriore. "È nel thermos."

"Pensi veramente che io sia in grado di dire di no al caffè gratis?" Tira fuori il thermos, svita il tappo e subito il profumo di caffè permea l'aria dentro la macchina. "Anche se ciò vorrà dire che mi beccherò i tuoi pidocchi."

Le lanciò un'occhiata e dico tanto per prenderla in giro: "Ehi, non sei costretta a bertelo."

Si versa un po' di caffè nel tappo del thermos e lo assaggia. "Il caffè è il caffè."

"Me ne ricorderò." Entro nel parcheggio della spiaggia nel

momento esatto in cui l'alba fa capolino davanti a noi. La spiaggia ha un aspetto fenomenale a quest'ora, con la luce che distende le proprie calde dita per toccare un'onda fredda lì, una duna di sabbia là.

"Wow, ma... non c'è nessuno, in pratica," si meraviglia Emma guardando la spiaggia a bocca aperta. E ha ragione. Nel parcheggio ci sono solo altre due macchine.

Parcheggio la jeep. "Venire qui così presto è un concetto assurdo per la maggior parte della gente."

"Li capisco. Voglio dire, io di norma sono una di quelle persone." Mi sorride e richiude il thermos e scende dalla macchina.

Distolgo di nuovo lo sguardo per evitare di guardarle il culo – culo che, quando si piega con quei pantaloncini, ha un aspetto a dir poco fantastico. Ma proprio non mi serve andarmene in giro con un'erezione grossa come una casa mentre trasportiamo le tavole da surf dalla macchina alla spiaggia. Non voglio che pensi che io sia un pervertito fatto e finito.

Cosa che però sono. E lei lo sa.

Prendo le tavole e lo zaino e mi dirigo dritto verso la spiaggia. Emma mi segue mettendosi in spalla il suo, di zaino. Scelgo un bel posto dove le onde arrivano fin sulla sabbia. Ora che la marea è bassa, la nostra roba dovrebbe essere al sicuro dall'acqua.

"Qui va bene?" le chiedo guardandola.

Lei lascia cadere lo zaino sulla sabbia, gesto che secondo me vuol dire che il posto che ho scelto la soddisfa.

"A me sembra di sì," dice schermandosi gli occhi contro il sole che sorge. "Spero veramente di riuscire a mettermi in piedi questa volta."

"Ma sì, di sicuro," le dico poggiando le tavole in terra. Apro lo zaino e tiro fuori la crema solare e la muta. "Che ne dici di darmi un po' di caffè?"

Mi guarda sogghignando. "Va bene."

Versa un po' di caffè nel tappo del thermos e me lo passa. Bevo il caffè provando a non guardarla mentre si toglie la canotta e i pantaloncini. Poggio il tappo del thermos sulle tavole da surf e lei si dimena per infilare la muta su quel suo corpo magnifico.

Abbasso lo sguardo sulla sabbia, mi sfilo la maglietta, mi tolgo le scarpe, e poi mi metto la muta. La lascio infilata a metà, restando a torso nudo.

Quando sollevo lo sguardo, sorprendo Emma che mi fissa, lo sguardo pesante e accaldato. Arrossisce quando si accorge che me ne sono accorto.

Per un breve quanto imbarazzante istante, io le sorrido e lei prova a non farlo.

"Siamo entrambi ancora incredibilmente sexy, nel caso in cui non te fossi accorta," dico provando ad alleggerire la tensione.

Lei inarca un sopracciglio. "Ah, sì?"

"Sì. Questo fatto non cambia solo perché ormai non scopiamo più."

Provo a mantenere un tono leggero, casuale. Ma, dentro, sto morendo dalla voglia di sapere se lei mi desidera con la stessa forza con cui la desidero io. Ma poi lei si limita ad arrossire e a scuotere il capo.

"Buono a sapersi." Sorride a denti stretti, e ciò mi dice che forse è meglio evitare di rivangare queste cose sotto la luce del sole.

"Sei pronta per tuffarti in acqua, o ti serve un ripasso?"

Emma sembra indecisa. "Forse dovresti ricordarmi i vari passaggi? Giusto a parole."

"Okay. Cominciando dal fondo della tavola, giusto?" Le indico l'estremità di una delle due tavole. "Afferri i lati, e poi ti posizioni sullo stomaco. Poi ti sollevi verso l'alto..."

"Oh, giusto. Poi giro la gamba..."

"Sì. E fai scivolare l'altro piede in avanti. Poi viene la parte difficile, ovvero trovare l'equilibrio necessario per alzarti in piedi..."

"Giusto. Capito." Fa una smorfia. "Almeno penso."

"Bene. Andiamo in acqua, allora."

Rimetto il tappo sul thermos e le consegno una delle tavole. Ci incamminiamo verso l'acqua, la sabbia dura si infrange sotto i nostri piedi. Quando entro in acqua e la sento che mi turbina attorno ai piedi, inspiro una lunga boccata di salsedine.

Guardo Emma per assicurarmi che sia vicino a me e poggio la tavola sull'acqua.

"Non ti dimenticare il laccetto intorno alla caviglia," le dico. Mi metto in equilibrio su un piede solo e mi assicuro la tavola al piede.

La guardo mentre lei, mordendosi il labbro, fa lo stesso. Non posso fare a meno di posare gli occhi sulla sua bocca carnosa, o sulle sue tette. Buona parte del suo corpo è coperta dalla muta, ma noto che la zip è tirata su soltanto fino all'altezza dei seni, lasciando ampio spazio di manovra alla mia immaginazione che subito si tuffa nelle dolci ombre che trova in quel punto.

Mi rendo conto di essere praticamente un adolescente arrapato, che si mette a fantasticare su ciò che non può vedere. Ma questa volta non distolgo lo sguardo.

Lei mi guarda e si accorge che la sto fissando. Si scosta una ciocca di capelli dal viso. "Che c'è?"

Sorrido. "Niente. Sei pronta a surfare?"

Lei comincia ad allontanarsi dalla riva. "Sì, io..." E poi la sua faccia si contorce. "OWWW!"

Tira via il piede e sposta il peso del corpo sulla gamba sinistra, un'espressione agonizzante in volto.

"Ehi, va tutto bene?" le chiedo guardandomi attorno. Guardo l'acqua intorno a lei, ma è torbida, c'è un sacco di sabbia che le turbina attorno al corpo.

Emma è in lacrime. "Penso mi abbia punta una medusa. Fa un male cane!"

"Okay, torniamo a riva. Ce la fai a camminare?"

Scuote il capo, il viso in fiamme. Quando parla, la sua voce è strozzata dalle lacrime. "Non penso."

"Vieni qui," le dico accucciandomi e sollevandola tra le mie braccia. Non pesa niente. Il suo corpicino viene scosso dai singhiozzi. Mi poggia le mani sulle spalle, aggrappandosi a me mentre cerca di controllare le lacrime che le sgorgano dagli occhi. Mi dirigo verso la riva, mormorandole qualcosa cercando di confortarla. "Va tutto bene. Stai bene."

Le due tavole da surf che mi trascino dietro mi rallentano, ma alla fine riesco a uscire dall'acqua senza doverla mettere giù. Non appena siamo sulla spiaggia, slego le tavole dalle nostre caviglie e la porto lì dove abbiamo lasciato la nostra roba. Mi metto in ginocchio e, gentilmente, la depongo sulla sabbia.

Lei comincia immediatamente a guardarsi il piede destro, mentre io ficco le mani nel mio zaino cercando il piccolo kit di pronto soccorso che porto sempre con me. Tiro fuori una bottiglietta di aceto che mi porto dietro proprio per questo tipo di evenienza.

"Fammi vedere." Le faccio poggiare il piede sulle mie ginocchia e prendo a esaminarlo. Vedo la puntura della medusa, una linea perfettamente chiara che praticamente brilla, tanto è rossa. "Penso che ti abbia detto bene, a dire il vero. Non mi sembra ci siano tentacoli da rimuovere né niente."

"Auuu!" grida quando le muovo il piede un po' troppo bruscamente.

"Scusa," dico svitando la bottiglietta di aceto. "Probabilmente all'inizio brucerà un po'."

Emma annuisce e si morde il labbro. Le lacrime le colano lungo il viso. Le verso un po' di aceto sulla puntura e lei fa una smorfia, ma altrimenti non reagisce.

Dopo circa trenta secondi, si lascia andare espirando. "Ora non mi fa più tanto male. Oddio quanto mi faceva male."

Le massaggio la gamba per un secondo. "Ci credo."

Lei solleva lo sguardo e si asciuga ciò che resta delle sue lacrime. I nostri sguardi si incrociano e, per un lunghissimo istante, mi smarrisco nel verde misterioso dei suoi occhi.

Dopo un minuto, lei abbassa lo sguardo. "Non penso di poter surfare oggi, Jameson."

"Eh, no. Ma ci riproveremo." Le sorrido cercando di incoraggiarla.

Le sue labbra si sollevano in un sorriso fantasma. "Okay. Va bene."

Sposto il suo piede e comincio a rimpacchettare tutto.

11

Jameson

Mi stiracchio e do un'occhiata al mio cellulare. Sono quasi le cinque e sono seduto sul divano del ba ad aspettare che arrivi Emma. è solo dieci minuti in ritardo, che con lei è il minimo sindacale. Mi guardo intorno. Il locale è semivuoto.

"Mi scusi?" mi dice una giovane donna cogliendomi di sorpresa. È la stessa ragazza che mi ha preparato il latte macchiato quando sono arrivato qui, oltre un'ora fa. "Oggi chiudiamo un po' prima, se non le spiace."

"Ma sì, certo." Mi alzo, prendo lo zaino e la tazza di latte macchiato vuota.

"Ci penso io," dice lei togliendomi la tazza dalle mani. "Buona giornata!"

Io annuisco ed esco. Devo riconoscerglielo: non mi avevano mai detto di togliermi dalle palle con tanta gentilezza prima d'ora.

Non appena metto piede nel fresco pomeriggio estivo, vedo Emma che corre venendomi incontro. Indossa un grazioso prendisole bianco che lascia scoperto una buona dose di scollatura e di gambe, il che compensa per il suo ritardo.

"Scusa, sono in ritardo!" mi dice. "Lo giuro, sono uscita in tempo..."

"Non importa. Il caffè oggi chiude prima, quindi dobbiamo trovarci un altro posto."

"Ma veramente?" Emma guarda attraverso la finestra del locale, come se potessi sbagliarmi.

Mi riparo gli occhi dal sole. "Sì... senti, io muoio di fame. Che dici, ci andiamo a mangiare qualcosa?"

"Uhhh..." Sembra indecisa. "Non dobbiamo studiare?"

"Ma certo. Solo che pensavo che siccome siamo qui, allora potremmo andare da Casa Carne. È dall'altra parte della strada. Hanno dei cazzo di tacos che levati, te lo giuro."

Si sposta i lunghi capelli neri dietro le spalle. "Okay, va bene."

"Andiamo. Ho come la sensazione che oggi non hai mangiato niente, eh?" Guardo a destra e a sinistra e attraverso la strada. "Dico bene?"

Lei arrossisce e accelera il passo per starmi dietro. "Forse."

Una volta attraversata la strada, rallento in segno di rispetto per il suo essere tanto più bassa di me. Mi guardo in giro alla ricerca della festo bandiera rossoverde, l'unico segnale che denota l'esistenza di quel furgone di tacos.

"È quello?" chiede lei arricciando il naso.

"Non fare quella faccia," le dico.

"Il menu è completamente in spagnolo!" protesta.

"Fidati di me, va bene? Ci penso io a ordinare per te. Tu non mangi né pollo, né manzo e né maiale, giusto?"

Lei mi lancia una lunga occhiata, poi annuisce lentamente. "Giusto..."

"Hola," dico salutando l'uomo di mezza età che gestisce

questo posto. "Que pasa?"

"Nada," dice il tizio con una voce sorprendentemente profonda. "Che cosa volete?"

"Prendiamo i chilaquiles, due tacos barbacoa e due tacos tinga. E un taco al tofu per lei... e due pupusas vegetariane. Oh, e anche due Coca-Cole." Mi giro e vedo dei posti a sedere dove non c'è nessuno. "Da mangiare qui, grazie."

"Ci penso io. Sarebbero... ventidue dollari, grazie."

Lo pago e infilo una generosa mancia nel barattolo per le mance. Lui mi dà le bottiglie di Coca-Cola dopo averle aperte. Comincia a cucinare e io indico i due tavolini lì vicino.

"Scegli tu," le dico.

Emma sceglie uno dei tavoli e io mi siedo su una seggiola di plastica davanti a lei. Le passo la Coca-Cola e lei beve una lunga sorsata. La poggia e poi mi guarda.

"Ci vieni spesso qui?"

Poggio lo zaino in terra. "Non abbastanza. Ma il cibo è fenomenale. È il cibo che avrei potuto preparare per tutta la vita."

"Aspetta, cosa?"

"Sì... avevo due offerte di lavoro allo stesso tempo. Una era lavorare in un bar. L'altra era per un posto come questo. Mi chiedo spesso cosa sarebbe successo se non avessi scelto il lavoro che alla fine ho scelto."

Emma ci pensa su per un minuto. "Io penso che tu avresti avuto successo a prescindere dal tipo di lavoro. Hai sempre una certa passione nel lavoro che fai, e i clienti questo lo notano. Ecco cos'è che ti permette di avere successo."

Mi acciglio. "Non ne sarei così sicuro."

Lei alza gli occhi al cielo. "Fidati di me, va bene? Sei intelligente, e sei uno che se vuole una cosa fa di tutto per ottenerla."

Mi schiarisco la gola. "Voglio dire, l'unico motivo per cui ora le cose vanno bene è perché tuo fratello ha voluto investire in quel locale."

"Mio fratello è quello fortunato, Jameson. Se non avesse

investito i suoi soldi su di te, lo avrebbe fatto qualcun altro, poco ma sicuro. Il motivo per cui Asher ha un buon fiuto per gli affari è perché è abbastanza furbo da riconoscere un'opportunità quando gli si para davanti a quella sua faccia da scemo."

Beve un altro sorso di Coca. Vedo la sua gola che si muove delicatamente. Incrocia le gambe e io soffoco ogni reazione che potrei avere – sia riguardo il suo aspetto fisico, sia riguardo tutti i suoi complimenti.

Così cambio argomento.

"Ci pensi mai a cosa avresti fatto se non ti fossi iscritta alla facoltà di legge?" le chiedo.

Ma proprio in quel momento arriva il cuoco con le braccia cariche di piatti. "Il cibo è caldo, okay?"

"Grazie," dico. Mi basta sentire l'odore del manzo barbacoa e del pollo tinga per farmi venire l'acquolina in bocca.

"Ommiodio, ma quanta roba!" esclama Emma. "Ha un aspetto fantastico!"

Divido i tacos e le pupusas, mettendo le chilaquiles in mezzo al tavolo e permettendo alla mistura di uova, peperoncini, cipolle e strisce di tortilla di raffreddarsi un po'.

Emma morde il suo tinga taco e geme sonoramente. "Ma è buonissimo!"

Io addento la mia pupusa assaporando la tortilla di mais e il ripieno al formaggio. Ha ragione, è tanto fenomenale quando pensavo sarebbe stato.

Mangiamo in silenzio per un minuto, le bocche troppo piene per poter parlare.

"Non hai risposto alla mia domanda," le faccio notare bevendo un sorso di Coca. "Che cosa faresti se non stessi studiando per diventare avvocato?"

"Mhmm! Non lo so." Arriccia il naso. "Mi sembra di aver imboccato questa strada fin da giovanissima. Le mie opzioni erano o fare l'avvocato, o fare la casalinga. E col cavolo che volevo fare la casalinga."

Si mette in bocca un bel pezzo di taco al tofu e si prede circa un minuto per masticarlo. "Mhmm. Forse avrei fatto la veterinaria? Gli animali mi piacciono tantissimo."

Il che mi sorprende. "Ah sì? Ma non hai mai avuto un animale domestico, no?"

Mi punta il dito contro, sventolandolo a mezz'aria. "Quello perché gli animali piccoli non mi sconfinferano più di tanto. No, se fossi stata una veterinaria, mi sarei occupata di animali di grossa taglia. Cavalli, mucche... magari bufali e cervi."

"Veramente? Cavoli, proprio non ti ci vedo."

Lei ridacchia. "Beh... adoro andare a cavallo. Ho fatto il dressage per tutti gli anni delle superiori. Persino durante il college, a dire il vero."

"Che cazzo è il dressage?" le chiedo immaginandomi chissà che cosa.

"Andare a cavallo. Sai no, selle, donne con stivali di pelle che arrivano al ginocchio. Cavalli con le criniere intrecciate. Questo genere di roba."

Io mi limito a grugnire e a guardarla. Ma ce la vedo. Ha perfettamente senso che una ragazza come lei si dedichi all'equitazione.

"Non guardarmi così," mi accusa. "Tutte le ragazze della mia classe lo facevano."

Mi limito a mangiarmi la mia pupusa e a tenermi per me quello che penso.

"Ehi, ti ricordi di quell'Halloween in cui tu e Asher avete portato me e le mie amiche a fare dolcetto o scherzetto?" mi chiede Emma scostando il piatto ormai vuoto.

"Ma certo che me lo ricordo," le dico. "Ti eri travestita da signorinella sofisticata, se non erro."

Lei sorride mostrandomi le fossette sulle guance. "Ero Elizabeth Cady Staton, una figura storia, una delle prime leader del movimento per i diritti delle donne."

Scuoto il capo, accartoccio un tovagliolo e lo getto sul mio piatto. "Devi andarci pieno con me. Ricordati che io le superiori non le ho neanche finite. Sono stupido come una capra, e lo sarò sempre."

Mi aspetto di vederla alzare gli occhi al cielo, ma non lo fa. Invece, per giusto un minuto, si fa tutta solenne.

"Tu non sei stupido. Dico sul serio. Sei molto intelligente. Non stavo scherzando prima, quando ti ho detto che avresti avuto successo in ogni campo."

Alzo gli occhi al cielo, sento il volto che mi si scalda. "Non dirlo."

"Cosa? Perché no?"

"Perché lo so che lo stai facendo solo per essere gentile, ma è pur sempre un cumulo di stronzate."

La cosa sembra sorprenderla. "No, che non è così. Sono del tutto onesta. Tu ti vedi come uno che non ha finito le superiori, ma io l'ho vista la libreria a casa tua. Shakespeare, Herman Melville, David Foster Wallace... non sono libri che leggerebbe uno stupido, no?"

Io lo so bene cos'è vero e cosa invece no, e le frasi che lei continua a ripetere riguardo la mia intelligenza, molto semplicemente, non sono vere. "Va bene. Quello che è. Parliamo di qualcos'altro."

Emma sospira. "Va bene. Di cosa vuoi parlare, allora?"

"Uhhh..." Mi scervello alla ricerca di qualcos'altro di cui parlare. Alla fine trovo qualcosa ma, quando poi lo dico ad alta voce, suona malissimo. "I tuoi come stanno?"

C'è una tensione palpabile nell'aria. Non tanto tra me ed Emma, quando tra lei e i suoi genitori. Noto che drizza la schiena e si schiarisce la gola.

"Stanno bene. Stanno... stanno provando a incoraggiarmi a uscire con uomini degni della loro approvazione." Abbassa lo sguardo e giocherella con l'orlo del suo vestito.

"Oh." Non so esattamente cosa dire. "E sei stata fortunata fino ad ora?"

Guardo il suo volto espressivo che si fa silenziosamente triste. È doloroso, vederla così. È doloroso essere parte di una conversazione in cui lei mi parla di uscire con uomini che non sono me.

Lo so che io dovrei essere l'unico a cui lei pensa. E lo sa anche lei.

Ma per preservare la nostra fragile tregua, nessuno di noi lo dice ad alta voce.

Lei tiene gli occhi fissi sull'orlo del vestito. "Non proprio. Ci sono dei ragazzi che mia madre pensa siano dei buoni partiti, qualunque cosa significhi."

"Ma... è una bella cosa." Onestamente, non mi viene in mente da dire nient'altro.

"E tu?" mi chiede guardandomi.

"Io cosa?"

"Su... lo sai. Ti stai vedendo con qualcuna?"

Qualcosa di molto simile alla speranza le brilla in quei suoi occhi verdi smeraldo.

"Nessuno." Mi muovo sulla sedia. Queste domande mi mettono a disagio. Ciò che vorrei dirle, ciò che dovrei dirle, è *non ci sarà mai nessun'altra donna nella mia vita a parte te.*

Ma non lo faccio. Lei si morde il labbro inferiore."

"Capisco."

Dubito che sia così, ma non vedo l'ora di cambiare argomento.

"Sei pronta a cercare un posto dove studiare?" le chiedo alzandomi dalla sedia. Comincio a impilare i piatti di plastica.

"Ma certo," dice lei. La guardo. È chiaro che c'è qualcosa che la turba. Ma non ne voglio parlare.

E quindi getto via i piatti di plastica e ringrazio il cuoco. Poi io ed Emma ci incamminiamo.

12

Emma

Sono fuori dalla pizzeria in cui mi portò una volta Jameson e mi sto mangiucchiando un'unghia. Non mi va di stare qui. E soprattutto non mi va di essermi vestita di tutto punto.

Ma mia madre mi ha dato il tormento, dicendomi che dovevo uscire con Rich, e così alla fine mi sono arresa e ho accettato. Lo so che è una pessima idea, ma...

Qualunque cosa pur di accontentare la famiglia, giusto?

Ora, in piedi, tutta sudata mentre aspetto che Rich si faccia vedere, non ne sono più così tanto sicura. Ha quindici minuti di ritardo, e sono seriamente sul punto di chiamare un Uber.

Se non riesce nemmeno a prendersi il disturbo di arrivare in tempo al nostro primo appuntamento, beh, il futuro non promette nulla di buono.

"Emma?"

Mi giro e vedo Jameson e Forest. Sento gli occhi di Jameson che mi squadrano da capo a piedi...

"Ciao," dico io scostando una ciocca di capelli. "Non pensavo di vedervi oggi."

"Ci ha invitati Davide," dice Forest. "Stai benissimo, comunque."

Arrossisco. "Oh, grazie. Io, ehm... ho un appuntamento."

Jameson si fa scuro in volto. "Qui?"

Mi mordo il labbro e guardo dietro di me. Prima di riuscire a rispondere, devo fare un respiro profondo. Provo a sorridere, a far leva sul mio fascino.

"Sì... lui è in ritardo, ora, ma non appena arriva..."

Jameson mi guarda in cagnesco, il che mi fa sentire come spazzatura. Ma non avrei mai potuto immaginarmi di incontrarlo qui oggi.

"Entriamo, su," dice Forest trascinando Jameson per un braccio. "È stato bello vederti, Emma."

Jameson si lascia trascinare da Forest verso la porta del ristorante, ma poi si gira a guardarmi. Non dice niente, ma è il suo sguardo a parlare per lui: *Come hai potuto farlo?* e *Non è questo quel che volevo*, perlopiù. Sento un freddo gelido fin dentro le ossa. Lo so che non ho altra scelta, che devo voltare pagina, ma mi sento una merda.

E così abbasso lo sguardo per evitare di guardarlo negli occhi. È l'unica cosa che posso fare.

Tiro fuori il cellulare cercando di decidere se chiamare un Uber e tornarmene a casa o se è il caso di scegliere un altro ristorante. Non posso andare dentro, questo è ovvio. Ma Rich ha questo punto ha quasi venti minuti di ritardo... c'è un modo per svignarmela e basta?

Incerta, faccio un altro respiro profondo.

"Emma!"

Alzo lo sguardo e vedo Rich, che indossa dei vestiti da palestra, tutto sudato. Gli rivolgo un'occhiata confusa. Sono sicura di avergli detto che saremmo andati a cena in un bel ristorante.

"Come sei elegante," mi dice. Si avvicina, come per abbracciarmi.

"Questo vestito è di Valentino," gli dico a denti stretti indietreggiando. "E ti avevo detto che saremmo andati fuori a cena!"

"Hai detto che saremmo andati a mangiare la pizza," dice lui, sulla difensiva.

"No, ti ho detto che saremmo andati in un elegante ristorante italiano. Ti ho esplicitamente detto di vestirti bene." Il fatto che mi stia contraddicendo mi irrita e basta.

Rich guarda i suoi vestiti sudati e sgualciti e fa spallucce. "Sono sicuro che ci faranno entrare."

Il vento cambia e mi arriva una zaffata del suo odore. Arriccio il naso. Puzza di sudore, la puzza di chi non si è *mai* fatto una doccia. Come ho fatto a non notarlo durante la festa a casa dei miei?

"Beh, no, non possiamo andare a mangiare qui," dico io indicando il ristorante alle mie spalle. "Ormai è tardi. Ci hanno tolto la prenotazione e, inoltre, hanno un dress code per la cena."

"Psssh," dice lui agitando una mano a mezz'aria. "Devo solo oliare qualche ingranaggio. Fidati di me, non è niente che non abbia già fatto centinaia di volte."

Non si rende nemmeno conto di quanto snob suoni questa sua affermazione. "Rich..."

"Uh uh," dice lui prendendomi per mano e facendomi fare una giravolta. Sono così scioccata che spalanco la bocca. "La dama fa troppo grandi proteste, eh? Andiamo, volevi andare qui, e allora andiamoci."

Mi stringe il braccio con una morsa di ferro. Incespico in avanti verso la porta del ristorante, incapace di mettere assieme le parole necessarie per zittirlo.

Entriamo. Il locale, per quanto piccolo, è in pieno fermento. E anche pieno di gente. Un giovanotto ci viene incontro.

"Salve. Avete una prenotazione?" ci chiede.

"Come no. Vero, piccola?" dice Rich guardandomi.

Faccio del mio meglio per non fare una smorfia. "Sì, Alderisi, per le sette e trenta."

Il cameriere ci lancia un'occhiata di disapprovazione e comincia a scrivere il mio nome nell'iPad che ha davanti a sé. Le mie narici sono assalite da un'altra zaffata della puzza emanata da Rich, e per poco non vomito.

Il cameriere guarda Rich. "Mi spiace, ma anche se avete una prenotazione, non credo che lei soddisfi i nostri requisiti per l'abbigliamento."

Rich mi lascia andare il braccio e si infila una mano in tasca tirando fuori diverse banconote. Ne sfila due e le schiaffa in mano al cameriere.

"Ecco fatto!" dichiara. "Tanto per farti capire che io non ho paura a oliare chi di dovere." Si mette a ridere. "L'hai capita? *Oliare*... è un ristorante italiano!"

Sebbene io preferirei che non accettasse il denaro di Rich, il cameriere si infila le banconote in tasca con fare discreto. "Se volete seguirmi."

Alzo gli occhi al cielo e seguo il cameriere attraverso il ristorante... il nostro tavolo si trova proprio dietro a quello di Jameson e Forest. Jameson mi vede, mi lancia un'occhiataccia, e poi vede Rich. La sua espressione si fa confusa. Guarda lui, poi guarda me, come se stesse provando a capire cosa sta succedendo, ma senza riuscirci.

Il cameriere ci fa accomodare, e Rich si siede dando le spalle a Jameson e Forest. Si accascia sulla sedia senza pensarci due volte, e io mi ritrovo seduta con Jameson proprio davanti a me. Sento le guance che mi si scaldano.

Potrebbe andare peggio di così? Se sì, non lo voglio sapere.

Rich prende il menu con le bevande. "Ti piacciono i cocktail?"

Poggio la borsetta sulla sedia e mi sistemo in modo che Rich mi blocchi completamente la visuale di Jameson. Prendo il menu del cibo. "Non lo so. Diciamo di sì?"

Rich ferma il primo cameriere che gli passa vicino. "Ehi! Un paio di tequila sunrise per questo tavolo, su."

Corruccio la fronte. "Io non bevo tequila."

"Oh, lo adorerai," mi dice Rich prendendo il menu del cibo. "Oooh, hanno la costata di manzo. Ecco cosa mi prendo io. Tu dovresti prenderti un'insalata o qualcosa del genere."

Apro la bocca ma, di nuovo, non so cosa dire. Tutto quello che dice e fa è tutto quello che non si dovrebbe dire o fare durante un appuntamento. È quasi come se mi stesse mettendo alla prova per cercare di vedere quello che posso tollerare.

"Non penso," dico io strizzando gli occhi. "Penso che mi prenderò una pizza ai funghi."

Non si prende nemmeno il disturbo di chiudere il menu. Mi parla senza alzare gli occhi. "Va bene. Ma non venire a lamentarti che sei ingrassata, okay? Io lo so come siete fatte, voi donne."

Le sue parole sono oltraggiose. Non riesco nemmeno a prenderlo sul serio.

Mi sporgo in avanti e, dietro Rich, vedo Jameson che ci sta guardando. Mi vede che lo guardo e solleva le sopracciglia.

Mi sposto, imbarazza.

Il cameriere ci porta da bere e prende il nostro ordine. Assaggio il cocktail che ho davanti e vengo immediatamente sopraffatta dal forte sapore di tequila.

"Bleah," dico poggiandolo sul tavolo.

Rich si limita a far spallucce e si scola il suo drink. Poi allunga una mano per prendersi anche il mio. "Non ti spiace, vero?"

Si ubriaca piuttosto alla svelta. A ogni drink, il suo comportamento vira sempre di più verso l'aggressivo e il sessuale.

"Quindi quello che sto dicendo è, in pratica, se una donna non mi succhia il cazzo, che me la tengo a fare?" dice scolandosi il suo sesto drink. "Mi capisco, no?"

A questo punto mi sento così disgustata che la cosa non è più divertente. Avere questo ragazzo privilegiato che puzza come un calzino sudato e mi dice che si aspetta che la ragazza che frequenta lo riempia di pompini? Non so nemmeno come faccia a funzionare durante la settimana. I soldi ti possono proteggere solo fino a un certo punto.

Scosto la sedia dal tavolo e mi alzo. "Penso che il nostro appuntamento possa finire qui. È chiaro che non siamo fatti l'uno per l'altra."

"Cosa? No, su, andiamo," dice alzandosi in piedi. È ubriaco. "Non ci hanno nemmeno portato da mangiare. Fammi trovare un cameriere."

Si gira per cercarne uno, ma io gli rivolgo un sorriso forzato. "Non penso che abbiamo bisogno del cibo per capire che qui non sta funzionando. Vado a casa."

Mi allontano dal tavolo facendo stridere la sedia. Voglio andarmene con un po' di dignità, e bloccare il numero di Rich non appena arriva il mio Uber.

"No," dice Rich, praticamente ringhiando.

Mi giro e accelero il passo per uscire dal ristorante il prima possibile.

"Farai meglio a fermarti!" mi grida Rich. Sento i suoi passi pesanti dietro di me.

Mi raggiunge appena fuori dalla porta del ristorante. Mi afferra per le braccia e mi blocca contro il muro. Sta sudando. Quando parla, sputacchia.

"Dove *cazzo* pensi di andare?"

Mi sbatte contro il muro con abbastanza forza da farmi sbattere la testa. Sussulto e comincio a vedere le stelle.

"Nessuno mi lascia, specie una ragazzina ricca e inutile come te. Tuo padre mi ha implorato di portarti fuori a cena, *puttana*." Mi sbatte di nuovo contro il muro.

Con la coda dell'occhio, vedo la porta che si apre. Jameson esce dal locale, vede cosa sta succedendo, e va subito fuori di testa.

"Lasciala andare!" grida placcandolo. "Figlio di puttana!"

"Vaffanculo!" dice Rich cadendo a terra. Trascina Jameson con sé e prova a dargli un pugno. Riesce a colpirlo solo una volta, ma è un colpo ben assestato, dritto sul naso di Jameson.

Jameson comincia a sanguinare copiosamente. Il che lo fa veramente incazzare.

"Io ti demolisco, cazzo," gli promette.

Comincia a prenderlo a pugni in faccia. Ogni pugno lo colpisce con un rumore sordo. I due uomini sono avvinghiati l'uno all'altro, ringhiando e imprecando. Rich riesce a opporre un minimo di resistenza.

"Jameson, no!" grido io. Mi sento inutile. Le persone cominciano a uscire dal ristorante e Forest prova a fermarli. Ma fallisce.

Dall'altra parte della strada vedo una pattuglia della polizia che svolta l'angolo. Notano la piccola folla che si è formata e accendono le sirene. Forest mi viene incontro e mi trascina in mezzo alla folla. Nel giro di un secondo, i poliziotti sono scesi dalla macchina e hanno separato Jameson e Rich.

"Aspetti, agente, non è colpa sua!" grido a uno dei poliziotti quando solleva Jameson di peso e lo sbatte contro l'auto di pattuglia. L'altro agente sta facendo la stessa cosa con Rich.

D'improvviso mi rendo conto di star piangendo. Mi vergogno profondamente.

"Signorina, la prego, stia indietro," mi dice il poliziotto. "Tutti indietro, forza. Adesso."

Forest mi trascina via senza distogliere gli occhi dai due

poliziotti. "Va tutto bene," mi mormora, ma capisco che non è così.

"Vi prego, no..." Provo di nuovo a intervenire, ma i poliziotti stanno già ammanettando e perquisendo Jameson e Rich. Forest mi stringe tra le sue braccia e mi fa indietreggiare di qualche metro.

Jameson mi guarda negli occhi, e io comincio a piangere a dirotto. E poi i poliziotti lo fanno salire in macchina e se lo portano via.

13

Jameson

Sono disteso nella branda della cella dove mi hanno sbattuto gli sbirri e sto guardando il soffitto. Fa un caldo asfissiante in questa cella, e le mura sono dei semplici mattoni in calcestruzzo. Ormai sono sei ore che sono qui dentro, abbastanza perché gli sbirri mi registrino nei loro sistemi. Ho i polpastrelli ancora sporchi di inchiostro, ormai secco.

Ho indosso ancora la maglietta e i jeans sporchi di sangue con cui sono entrato. Mi tocco senza volerlo la faccia, pensando alla provenienza della maggior parte di questo sangue.

Ho il naso gonfio, mi fa male quando lo tocco. Provo a ignorarlo. Non è difficile: tanto non faccio altro che rivivere nella mia mente quanto successo.

Io che apro la porta del ristorante. Mi guardo a destra e vedo la piccola Emma che viene sbattuta contro il muro da quello stronzo.

E poi io che perdo il controllo.

Lo rivivo ancora e ancora, tornando sempre a guardare quell'unico particolare. Lo sguardo terrorizzato negli occhi di Emma, il modo in cui lui le mette le mani addosso, le sue dita che le affondano nella carne...

Nessuno tocca Emma in quel modo. Mai. Mi incazzerei vedendo qualsiasi donna che viene maltrattata di fronte a me, ma quello stupido idiota ha toccato lei. Una ragazza che una parte di me considera ancora come *mia*.

Grazie che non ci ho visto più.

Ho fatto la cosa giusta, e di questo ne sono assolutamente sicuro. Nessun dubbio. Non appena sono arrivati gli sbirri, mi sono cucito il becco e mi sono rifiutato di parlare. Ho sentito di persone che parlano non in presenza del loro avvocato: non succede mai niente di buono. E così, non appena mi hanno arrestato, ho chiesto un avvocato.

Che sia dannato se finisco in tribunale per aver difeso una donna da un molestatore violento. E così sto cercando di guadagnare tempo, cercando di non farmi infastidire in modo eccessivo dal fatto che sono intrappolato in questa celletta di mattoni senza nemmeno una finestra.

Sistemo il cuscino sottile che ho sotto la testa. Senza cellulare né nient'altro per distrarmi, non posso non pensare ad Emma. Rivedo tutto quello che è successo ieri sera, ancora e ancora, quasi come stessi meditando.

Vederla entrare nel ristorante con quel ridicolo bambinone. Sentire il petto che mi si contrae ogni qualvolta lei si sposta per lanciarmi un'occhiata. Guardarla mentre scappa dal ristorante. Spalancare la porta e trovarla bloccata contro il muro, indifesa e impaurita.

Se potessi tornare indietro nel tempo, rifarei esattamente tutto quello che ho fatto. Anche se ciò mi ha fatto finire qui. Preferisco stare qui dentro e sapere che la mia ragazza sta bene, è al sicuro.

La mia ragazza. La mia bocca fa una smorfia pronunciando quelle parole. L'unica cosa che posso dire è fanculo Asher per aver messo quella regola cretina e fanculo anche a me per averla rispettata.

"Jameson Hart!" grida una guardia fuori dalla mia cella. Mi metto a sedere, teso. La porta si apre, la guardia la spalanca e mi guarda. "È libero di andare. Su, forza."

Senza la minima intenzione di fare domande, balzo in piedi ed esco dalla cella. Seguo la guardia lungo un labirinto di corridoi, mi fermo davanti a un gabbiotto per ritirare le mie scarpe, il cellulare e il portafoglio.

"Sono stato accusato di qualcosa?" chiedo alla guardia mentre mi rinfilo le scarpe.

"No. Richard Spencer, il tizio che hai picchiato? Una volta arrivato qui in pratica non si è stato zitto un attimo. Ha ammesso di aver tirato il primo pugno e di aver assalito la ragazza che era con lui. Che cazzo di capolavoro. Sono felice che gli hai dato una lezione."

La guardia alza gli occhi al cielo e scuote la testa.

Io annuisco e basta, pensando che forse farò meglio a seguire la mia linea di condotta e continuare a non parlare con gli sbirri, quali che siano le circostanze. Gli ci vuole qualche altro minuto per compilare tutti i documenti per il rilascio. Io continuo a tenere il becco chiuso e firmo dove mi dicono di firmare.

E poi esco nell'aria umida della notte. Mi ritrovo in un banale parcheggio. Tiro fuori il cellulare. Ho un mucchio di messaggi e chiamate perse da parte di Forest e Asher che mi dicono di chiamarli se e quando sarei uscito.

Ma ora non mi va di chiamarli per farmi venire a prendere. Voglio solo farmi una doccia e mettermi a letto. Apro l'app di Uber e mi metto alla ricerca di un passaggio per tornare a casa.

"Jameson?"

Alzo lo sguardo e vedo Emma che mi viene incontro dopo essere scesa da una strana Range Rover nera. Sembra esausta. Per raggiungermi deve camminare diverse decine di metri, e così io le vado incontro, un po' confuso dal trovarla qui.

È ovvio che è andata a casa e cambiarsi, perché ora ha indosso una maglietta nera semplice e una gonnellina di jeans. Ma ha i capelli tutti scompigliati, e ai piedi porta delle ciabatte pelose a forma di coniglietto.

Per me non è mai stata più bella di così.

"Ehi..." le dico per salutarla, ma poi lei mi salta addosso e mi stringe le braccia attorno al torso con tutta la forza che ha.

Io resto lì per un secondo, sciocato. Di tutte le reazioni che mi sarei aspettato, questa non era una di quelle. La stringo tra le mie braccia, godendomi la sensazione datami dal suo corpo che si stringe al mio.

Emma mi guarda. Ha gli occhi che le brillano per le lacrime. "Grazie per avermi difeso, Jameson. Mi dispiace tantissimo che ti abbiano arrestato per colpa mia."

Mi abbraccia di nuovo, avvolgendomi le braccia attorno al collo e affondandomi il viso nel collo. Non riesco a resistere all'impulso di abbassare la testa e inalare il profumo dei suoi capelli.

"La colpa non è tua," le mormoro cullandole la testa. "Non hai fatto niente di male."

Questa volta non mi guarda nemmeno. "Sono uscita con lui, no?"

"Non avresti potuto saperlo che sarebbe finita in questo modo." Le faccio scostare gentilmente il viso, anche se non voglio lasciarla andare. Le lacrime che le macchiano il viso mi spezzano il cuore. "Non posso sopportare di vederti piangere."

I suoi occhi di smeraldo sono grandi e ipnotizzanti, il suo dolce viso è a forma di cuore. Le accarezzo la guancia, le scosto una ciocca di capelli selvaggi. Le sue labbra sono carnose e invitanti, e quando abbasso lo sguardo le vedo che si spalancano appena appena.

Onestamente non so chi sia a fare la prima mossa, ma entrambi ci buttiamo l'uno contro l'altra. Le mie labbra trovano le sue, esitanti all'inizio. Ma non appena la assaporo, non appena inalo il suo profumo, impazzisco.

Non c'è niente di gentile nel modo in cui la stringo a me. Ce l'ho già duro, già mi sto immaginando la dolce soddisfazione che troverò tra le sue cosce. La mia lingua cerca la sua e lei apre la bocca spronandomi a baciarla.

Emma emette un suono, una specie di miagolio, ma più gutturale. Un suono che mi fa rizzare i peli del collo, che spinge il mio corpo a formicolare. Stringo il suo corpo al mio, strofinandomi le sue tette sul petto. Lei geme e mi avvolge le gambe attorno alla vita.

Cazzo, è meravigliosa. Molto meglio della mia immaginazione. La porto verso la macchina, provando a capire come la riporterò a casa mia. Mi sembra impossibile metterla giù e, con calma, guidare da qualche parte – ma di certo non posso fare sesso con lei nel parcheggio della prigione.

Lei comincia a baciarmi il collo, a succhiarmi il lobo dell'orecchio. Inciampo. Emma sembra non preoccuparsi minimamente di ciò che ci circonda.,

Forse è completamente ignara dei miei pensieri su come possa fare per scoparmela il prima possibile. Ma quando arrivo alla macchina e la premo contro la portiera del guidatore, lei mi guarda. I suoi occhi sono colmi della stessa lussuria impaziente che riempie i miei.

"Prendimi qui, ora," mi ordina con voce bassa e rauca. "Ti voglio, Jameson."

La lussuria mi riempie le vene come piombo. Le sue parole sono il balsamo di cui avevo tanto bisogno; mi sembra siano passati eoni dall'ultima volta in cui sono stato dentro di lei.

Eppure, scuoto il capo. "No. Non qui."

"Sì," mi sussurra lei nell'orecchio. Mi prende la mano, la sposta, e mi ritrovo a toccare le sue mutandine. Sono zuppe, bagnate dal suo desiderio. "Ora. In macchina. Ti voglio dentro di me qui e subito."

E mentre lo dice infila una mano in mezzo ai nostri corpi per sentire il mio cazzo duro.

Merda. È difficile parlare, è difficile pensare. Specialmente quando mi implora tanto dolcemente di scoparla.

Emma tira fuori la chiavi della sua Range Rover e la apre. Mette giù i piedi e prova ad aprire la portiera.

"Uh uh," le dico io. Faccio un passo indietro, e lei rimane a guardarmi con un'espressione scioccata. Pensa che io mi stia rifiutando di fare sesso con lei, il che è ridicolo. "Se lo vuoi veramente, allora vai dietro e abbassa i sedili. Ho bisogno di spazio di manovra."

Lei sgrana leggermente gli occhi, ma poi corre verso il cofano e lo apre. Io sono subito dietro di lei, la guardo mentre abbassa i sedili.

Non appena lo fa, la spingo dentro. "Entra," le ordino.

Guardare il suo culo e le sue gambe chilometriche mentre lei gattona per entrare nella Range Rover è fonte di infinito piacere. Salgo in insieme a lei e chiudo il cofano.

Stiamo un po' stretti – io sono pur sempre alto un metro e ottantacinque. Ma quando lei si gira, mordendosi il labbro e guardandomi, ecco che torno a sentire l'urgenza che avevo sentito poco fa.

E quando Emma comincia a svestirsi e si sfila la maglietta, ecco che quest'urgenza prende il sopravvento. Anche io mi tolgo la maglietta e mi distendo.

"Togliti le mutandine," le dico. "Cavalcami. Subito, cazzo."

Lei mi guarda con quei suoi occhi grandi e innocenti e apre la zip della gonna.

"No. Non te la levare," le dico. "E togliti le mutandine. Non mi te lo far ripetere."

Mi sbottono i pantaloni mentre lei si sfila le mutandine e le lancia da una parte. Infilo il pollice nell'elastico dei miei boxer e li faccio scendere a metà coscia.

Il mio cazzo spunta fuori, grosso e tozzo, la punta già bagnata di pre-eiaculazione. La mano di Emma si stringe subito attorno al mio cazzo.

Cazzo se è bello.

È passato così tanto tempo dall'ultima volta che ho sentito la sua piccola mano stringersi attorno al mio cazzo. Chiudo gli occhi non appena mi tocca. Muove la mano su e giù, come per vedere che aria tira. Ma quando vedo la sua testa che si dirige verso il mio cazzo, devo fermarla.

"No, non ora," le dico a denti stretti, facendole girare il viso verso di me. "Non voglio venirti in bocca. Voglio la tua fica, e la voglio subito."

Si mette a cavalcioni su di me. Comincia ad ansimare. Le faccio abbassare il capo e la bacio mentre sollevo i fianchi verso l'alto. Il mio cazzo le tocca l'interno coscia. Chiudo gli occhi per un istante, ripetendomi i nomi delle marche di gin per distrarmi.

Genever, Bombay, Tanqueray, Beefeater, Citadelle, Aviation, Hendrick's, Seagrams...

Apro gli occhi e mi rendo conto che avrei fatto decisamente meglio a tirarmi una sega negli ultimi due giorni. O che forse sarei dovuto andare con una ragazza meno sexy di Emma, che è a dir poco mozzafiato.

La bacio. Le faccio abbassare il culo e le sue ginocchia si allargano.

"Devi andare piano," la avverto. "Cazzo, sono così eccitato che riesco a malapena a pensare."

Lei mi rivolge un sorriso malizioso. "Ah, sì?"

Io mi limito a grugnire e a farla abbassare su di me. Uso la mano libera per drizzarmi il cazzo, e gemo sentendo la punta che tocca le labbra della sua fica. Sono già bagnate di piacere.

Emma era pronta per me, mi stava aspettando.

Si abbassa sul mio cazzo con un'espressione estasiata in volto. Devo chiudere gli occhi e ripassare mentalmente la lista di marche di whiskey mentre la sua fica si allarga per accogliermi dentro di sé.

"Cazzo!" mormoro. "Dio, ce l'hai così stretta. Così bagnata. Perfetta."

Quando infine la penetro fino in fondo, la attiro verso di me per un bacio lungo, lento.

"Sei pronto?" mi chiede quasi senza fiato.

Per rispondere alla sua domanda, muovo i fianchi verso l'alto. Lei grida, ma non si ferma. No, continua a muoversi, ora quasi con foga. La sua fica mi stringe il cazzo con forza.

Muovo la mano e le tocco la clitoride. Voglio essere sicuro che venga quando vengo anche io... e io verrò tra pochissimo.

"Oh, mio dio," dice piegandosi in avanti. "Omiodio, lì, sì..."

Riesco a sentirla che si irrigidisce e si contrae, sempre più vicina al climax.

"Cazzo. Sì, così. Adoro il modo in cui mi cavalchi, Em. La tua fica che mi avvolge il cazzo... così stretta..."

Quelle scarne parole oscene bastano a spingerla verso il climax. Grida, la sua fica si contrae selvaggiamente in preda agli spasmi, le sue unghie mi graffiano il petto.

Mi lascio andare, martellandola con abbandono. Riesco a sentire l'orgasmo un attimo prima che mi investa, me lo sento nelle palle. E poi si scatena, ma io non mi fermo, continuo a martellarla, ancora e ancora, e la sua fichetta avida munge il mio cazzo fino all'ultima goccia.

Allora rallento e poi mi fermo, provando a riprendere fiato. Lei si distende sul mio petto, il respiro ansimante, coperta da un velo di sudore. Non solo il suo, ma anche il mio.

Chiudo gli occhi e la stringo a me, godendomi gli odori

muschiati emanati dai nostri corpi, il momento della nostra vicinanza.

Ma non basta, stare semplicemente insieme a lei. Quasi non basta.

Ma per ora mi accontenterò.

14

Emma

Poi Jameson guida fino a casa mia, senza smettere di toccarmi nemmeno per un secondo, la sua mano destra che viaggia sulle ginocchia, sulle mie cosce, facendo su e giù. Io mi sporgo verso di lui, verso il contatto, il braccio avvolto al suo. Gli accarezzo i bicipiti muscolosi sotto la maglietta, non vedendo l'ora di poterlo di nuovo spogliare.

Mentre guida mi guarda più di quanto non dovrebbe fare. Il suo sguardo è così possessivo. Continua a massaggiarmi il ginocchio e la coscia, le sue dita vagano pigramente sulla mia pelle. È come se non potesse farne a meno, tanto gli è mancato il toccarmi: o quantomeno è così che mi sento io.

Restiamo in silenzio per tutto il tragitto. Non abbiamo domande da porci, dubbi su quanto stiamo facendo, non rinneghiamo con rabbia i nostri sentimenti. Niente di tutto ciò.

Io penso che lui si senta come mi sento io. Non posso

saperlo al cento per cento, ma penso che lui non sia sicuro su di noi, non sa se stiamo insieme o no.

Forse ne parleremo. Dopo. Non ora.

Quando arriviamo a casa mia, entrambi ci precipitiamo dentro. Ci baciamo e ci abbracciamo sul portico mentre io cerco di tirar fuori le chiavi. Infilo la chiave nella toppa e lui mi infila la lingua nell'orecchio.

"Qualcuno potrebbe vederci," lo avverto sussultando non appena mi stringe i seni tra le mani.

"E quindi?"

Giro la chiave a spalanco la porta. La sua risposta mi ha fatto venire un brivido lungo la spina dorsale. Veramente è così sprezzante?

Deglutisco tenendomi la domanda per me, perché ora non è il momento per queste cose. Ci sarà un'infinità di tempo per discutere di queste cose, ma dopo. Mi giro verso di lui e lo bacio. Lui mi stringe a sé e mi solleva portandomi in casa.

Chiude la porta con un calcio e mi porta dritta in camera da letto per buttarsi sul letto insieme a me. Facciamo con calma, ci baciamo, ci esploriamo. Me la lecca e mi fa venire tre volte prima di essere pronto per scopare.

E, cosa che non mi sorprende, Jameson mi fa venire di nuovo penetrandomi. E quando abbiamo finito e ci ritroviamo distesi l'uno di fianco all'altro, entrambi esausti, mi bacia con una lentezza e una dedizione tali che la vista mi si annebbia.

Affondo la testa contro il suo collo per nascondere le lacrime, ma non ci riesco.

"Ehi," mi dice lui dolcemente. Mi fa sollevare il mento con dita gentili. "Stai piangendo di nuovo."

"Lo so," dico tirando su con il naso, imbarazzata. "Scusa, è che è... travolgente."

"Non devi scusarti." Le sue braccia si stringono attorno alle mie spalle.

Restiamo in silenzio per un minuto. Io mi sto chiedendo da

dove dovrei iniziare per approcciare l'argomento, l'enorme cambiamento che abbiamo appena apportato alla nostra relazione. Ma mentre io penso, Jameson parla.

"Dovrei essere io a farti le mie scuse," dice. "Per averti lasciata, innanzitutto. Ma anche per essermi comportato da stronzo quando l'ho fatto."

Mi tiro su, poggiando il mento nella sua mano. "Penso che abbiamo sofferto entrambi abbastanza."

Lui si acciglia. "Ma non avremmo dovuto. Avremmo dovuto cavalcare insieme verso il tramonto, senza mai guardarci dietro."

Mi mordo il labbro e distolgo lo sguardo. "Ma non saresti tu, se non ti preoccupassi per Asher."

"Tu sei troppo indulgente." Intreccia le sue dita alle mie, il che serve solo a ricordarmi quanto più grande è di me. "Tuo fratello non la penserebbe così."

Sollevo le sopracciglia. "Asher? No, probabilmente no. Sebbene di recente pensi solo ai fatti suoi. Con ogni probabilità, non ha la più pallida idea che noi... insomma..."

Non termino la frase. Jameson mi dà un bacio sul collo e a me va bene mettere da parte quell'argomento in particolare. Chiuso gli occhi mentre lui mi succhia e mi mordicchia il collo per un secondo.

"Che cosa ha fatto mio fratello per meritarsi la tua... mhmm... devozione?" gli chiedo.

I baci si interrompono e Jameson fa una brevissima pausa. "Che vuoi dire?"

"Voglio dire, tipo... non lo so. Ma che ne so, penso tipo ti abbia aiutato a seppellire un cadavere, o qualcosa del genere, a giudicare da quanto ti importa delle sue opinioni."

Jameson corruccia la fronte e pensa alle mie parole. "Asher non si è guadagnato la mia fedeltà con un semplice favore. Me ne ha fatti un'infinità, di favori, dal giorno in cui morì mia nonna fino a quando Gunnar partì per il college. Credo... credo che tu forse non sappia di preciso come sia successo, di come dovevo decidere se dare da mangiare ai miei fratelli o pagare l'affitto. Ed è stato così per *anni*. Continuavo a pensare: oggi quel riccastro se ne laverà le mani, di noi. Ma non l'ha mai fatto."

Mi mordo il labbro. "Non sapevo ti sentissi così, Jameson."

"Lo sapevi che Asher mi ha aiutato a ottenere il mio primo lavoro da barista? O che mi ha aiutato a trovare un appartamento prima che disponessi di credito a sufficienza? O di quella volta in cui ci ha fatti dormire di nascosto nella vostra casa degli ospiti così che potessi risparmiare qualche soldo? Ci ha letteralmente salvati dalla fame. Almeno tre volte l'anno per dieci anni. E quelle sono solo le cose che riguardano i soldi... non includono tutti gli anni che ha passato a sorbirsi me che mi lamentavo di tutte le cose che trovavo ingiuste."

Scuoto il capo. "No, non lo sapevo. Quindi immagino che tu ti senta ancora debitore nei suoi confronti?"

Espira. "Sì... voglio dire, come si fa a ripagare tutto questo? Non si può. L'unica cosa che uno può fare è..."

"Fare quello che fai tu," dico io per lui, annuendo. "Essere presente, comportarti da buon amico. Questo lo capisco, veramente, anche se non sono necessariamente d'accordo."

Lui chiude gli occhi per un minuto e si passa la mano tra i capelli scuri. "E cos'altro dovrei fare? Come potrei ripagare il mio debito?"

Imbroncio le labbra. "Ne hai parlato con Asher?"

Jameson scuote silenziosamente la testa.

"Hai mai pensato che forse lui non si senta così? Che non pensa che tu gli sia debitore? Forse lui pensa di averti dato tutto quelle cose perché si sentiva obbligato, in qualche modo." Faccio una pausa, pensando. "E c'è anche la possibilità che lui pensi di aver ottenuto qualcosa, dallo scambio. So per certo che vi hanno beccato entrambi più volte per aver fatto a pugni in cortile. Un sacco di volte. E ti garantisco che quel culo rinsecchito di Asher non ha fatto granché, in quelle occasioni."

Jameson sorride e apre gli occhi. "Avresti dovuto vederlo alle medie, Dio, che soggetto. Parlare con le ragazze per lui era un problema serio."

"E come ha fatto a superare questa cosa? Scommetto che c'è il tuo zampino."

"Forse." Fa spallucce. "Ma non è ancora niente, in confronto a quello che lui ha fatto per me."

Sospiro e cambio argomento. Faccio una smorfia, pensando.

"Posso farti una domanda strana?"

Mi guarda di sbieco. "Certo."

"Quand'è stata la prima volta che mi hai guardata e hai pensato che fossi bella?" gli chiedo arrossendo.

Jameson mi fa scostare e si muove per distendersi su un fianco. "È una domanda complicata."

"Non volevo che lo fosse. Sono solo curiosa, volevo sapere quand'è stata la prima volta che mi hai notata. Ammetto di aver fatto pensieri sconci su di te quando avevo tipo dodici o tredici anni."

Solleva le sopracciglia. "Ma veramente?"

"Sì... lo so che tu all'epoca ovviamente non potevi notarmi, ma sei stato una presenza fissa nella mia vita per veramente un sacco di tempo." E spero che resterai nella mia vita ancora a lungo, penso... ma non lo dico.

Jameson si fa pensieroso. "Beh... probabilmente non ti piacerà, ma ho cominciato a notarti veramente solo dopo che abbiamo aperto il Cure. Prima di allora non mi capitava di vederti spesso, almeno non giorno dopo giorno."

"Cosa? E io che vivevo aspettando i brevi istanti in cui mi sarebbe capitato di vederti."

Fa spallucce. "Mi dispiace. Ero troppo preso dalle mie cose. Non so se lo sai, ma avevo un sacco di cose a cui pensare."

"Oh, intendi dire che assicurarti che i tuoi fratelli potessero ottenere una borsa di studio per andare al college non è stata una passeggiata?" gli chiedo per prenderlo in giro.

"Ah-ah! No. Specialmente per Gunnar. Lo giuro, pensavo proprio che sarebbe stato il mio fallimento più grande."

"Mhmm," dico io. "Ma ancora non hai risposto alla mia domanda. Quand'è stata la prima volta che mi hai visto e hai pensato che fossi anche solo vagamente attraente?"

Sospira. "Probabilmente quando avevi diciassette anni."

Sgrano gli occhi. "Diciassette?"

"Sì. Mi ricordo che indossavi sempre quei pantaloncini di jeans e quei top a tubo... me ne ricorderò per sempre, anche se forse brucerò all'inferno."

Sorrido. "Lo sapevo! E, per tua informazione, se indossavo quei pantaloncini minuscoli, era solo a tuo beneficio."

Jameson sorride. "Veramente?"

"Sì, senza ombra di dubbio. Stavo come aspettando che tu... mi notassi e mi facessi tua. Quando ero un'adolescente, avevo una vita immaginaria piuttosto ricca. Ecco quanto devi sapere."

Si sporge in avanti e mi dà un bacio sulle labbra. "Sono felice di non averlo scoperto all'epoca. Eri una ragazzina provocante."

Gli sorrido. "Mi stai dicendo che non saresti finito in galera per me?"

"No, anzi, il contrario. L'avrei fatto, senza pensarci due volte." Mi preme il naso contro il viso facendomi il solletico con i peli della barba.

"Ma saresti stato un carcerato decisamente carino," gli dico ridacchiando. Lui mi stringe a sé, dominandomi, cose che trovo a dir poco eccitante.

Mi riempie il collo di baci. "Forse dovresti raccontarmi qualcuna delle tue fantasie da adolescente. Sai, no, così posso essere certo che tu sia veramente, veramente felice con me."

"Ah, sì?" gli chiedo. Sento il battito che accelera.

Nei suoi occhi scorgo un baluginio malizioso. "Ma certo. Voglio essere sicuro che tu sia soddisfatta, felice. Sai come si dice: ragazza felice, mondo felice."

Continua a baciarmi spostandosi verso i miei seni, e subito trova i miei capezzoli già sull'attenti. Copre una delle areole morbide e rosa con la bocca, avvolgendola con le labbra e succhiando con forza.

Sento dei lampi caldi e bianchi che mi attraversano il corpo. Sussulto e inarco la schiena. "Sei tremendo..." gli sussurro.

Stacca le labbra dal mio seno e mi rivolge un sorriso enorme. "Faccio del mio meglio."

E poi comincia a baciarmi e a spostarsi verso il basso, ed ecco che torniamo di nuovo a perderci l'uno nell'altro, per ore e ore e ore.

15

Jameson

Dopo che abbiamo speso ventiquattro ore a sfiancarci a vicenda, uscendo a malapena dalla sua camera da letto, la bramo ancora. Bramo il suo tocco, sì. E bramo il suo corpo.

Ma bramo anche la sua risata, il suo modo di raccontare. La sua onestà. La sua accettazione.

E così faccio qualcosa che non ho mai fatto in tutta la mia vita da adulto... mi assento dal lavoro con una scusa. Chiamo Forest e gli dico che per i prossimi due giorni non andrò a lavorare. Non gli dico che sto male, solo che non andrò.

Penso che l'annuncio lo sorprenda un po', ma poi dice che va bene. Quando riaggancio, guardo Emma e penso: *dobbiamo andare da qualche parte*. Nessun posto lontano. E non per troppo tempo.

Sento il bisogno di essere da qualche altra parte con lei. In luogo tanto bello e selvaggio quanto lei, fuori dalla città.

E allora subito penso al Forsythe State Park. Un lungo litorale ininterrotto a solo un paio d'ore di macchina da qui. Non ci vado da quando ero bambino. Già mi immagino Emma che cammina lungo le scogliere a picco sul mare, già me la vedo che passeggia tra gli alti alberi di pino. Nella mia mente indossa una maglia con un motivo a quadri e dei pantaloncini che non lasciano nulla all'immaginazione.

Sì, devo portarla da qualche parte, poco ma sicuro.

"Ti va di andare via per un paio di giorni?" le chiedo. "Oggi, intendo. Stavo pensando che potremmo andare a Forsythe."

Lei mi guarda e mi sorride. "Una minivacanza con te? Sì, penso proprio di poterlo fare."

Tiro fuori il mio antico laptop e comincio a cercare una baita in cui poter dormire. Qualcosa con un bel caminetto, così che posso terminare la giornata passata a guardarle il culo denudandola di fronte al fuoco che scoppietta.

"Comincia a preparare i bagagli," le dico tirando fuori la carta di credito dal portafoglio. "Prenoto questo posto."

Lei si alza, si infila le mutandine e una maglietta e poi subito comincia a fare le valigie. Prenoto un posto su Airbnb, bacio Emma e le dico che torno subito.

Mi ci vuole solo mezz'ora per andare a casa mia e prendere tutto ciò che mi serve. E poi subito dopo Emma è con me nella Jeep e stiamo procedendo a tutta velocità lungo l'autostrada che porta a Forsythe State Park.

Nelle ultime ventiquattro ore non abbiamo fatto altro che scopare e parlare, e quindi è bello godersi i rumori della strada mentre guido. Non stiamo esattamente in silenzio, ma ci godiamo l'uno la compagnia dell'altro senza dover per forza parlare, vivendo ognuno nei propri pensieri.

Lei apre un libro e legge per la maggior parte del tempo. Io sono occupato a godermi il panorama non appena lasciamo la città. La strada si innalza leggermente e guidiamo lungo i promontori rocciosi.

Mentre guido, di quando in quando, guardo Emma. È completamente assorta dal suo libro e si mangia distrattamente le unghie mentre gira lentamente le pagine. Il vento le scompiglia i capelli, ma riesce comunque a farmi rimanere senza fiato.

Se devo essere onesto con me stesso, ci è sempre riuscita. Sempre.

In lei c'è qualcosa che va al di là della sua innegabile bellezza... qualcosa di saggio che le illumina gli occhi. Qualcosa di confortante nel suo sorriso. Ma non voglio affrettare le cose, siamo appena tornati insieme.

Ma mi fa provare qualcosa, nel profondo. Non solo rimesta la mia lussuria, ma riesce anche a suonare le corde del mio cuore.

Dannazione, come diamine è riuscita a infilarsi così a fondo dentro di me?

Non importa come la guardi, ho dei vaghi piani per il futuro. Non sono esattamente sicuro di quali siano, perché in gran parte dipendono da Emma. Ma se le cose vanno come dico io, un giorno, in un futuro abbastanza prossimo, Emma avrà un anello al dito e si farà chiamare signora Hart.

C'è una certa soddisfazione nel sapere che lei potrebbe essere mia per sempre. Nel sapere che non dovrei mai più mettermi a cercare nulla, perché avrei Emma.

Però, certo, poi penso che andrei a far parte della famiglia di Emma – e della famiglia di Asher. Deglutisco, ho la bocca secca. Ho incontrato i loro genitori in diverse occasioni, e in nessuna di queste occasioni essi sono rimasti piacevolmente colpiti da me.

Inoltre, c'è il fatto che lei frequenti la facoltà di legge. Nei prossimi due anni avrà a malapena tempo per mangiare e dormire, e ancor meno per preoccuparsi dello stress derivante dall'essere una sposa.

Quindi sì, la mia fantasia di chiedere ad Emma di sposarmi

forse dovrà essere differita di un paio di anni. Ma l'idea è pur sempre lì, avvinghiata con forza al mio petto.

Mi meraviglio di me stesso, mi meraviglio di desiderarla così tanto, laddove solo fino a un mese fa tutte le distanze che frapponevo tra me e lei non sembravano mai sufficienti. È veramente strano avere tutti questi piani per noi, quello è poco ma sicuro.

Esco dall'autostrada imboccando una macchia densa di alberi. Seguo il GPS sul mio cellulare, che mi guida lungo un sentiero malconcio. Riesco già a sentire il rumore della spiaggia da qui, del rollio incessante delle onde. Ma non posso vedere niente, solo gli alti alberi di pino che si fanno sempre più vicini.

E, d'improvviso, usciamo dal piccolo boschetto. Rimango leggermente scioccato da quanto bruscamente finisca il sentiero, e dall'oceano blu scuro che si ritrova disteso qui di fronte a noi, estendendosi per miglia e miglia. La baita è sulla destra, pittoresca e rustica con le sue travi di legno scuro.

Parcheggio ed Emma alza lo sguardo dal libro.

"Oooh," è tutto quello che dice guardando l'oceano al di là del promontorio. "Porca miseria."

Scendiamo dalla jeep e portiamo i bagagli dentro. La baita è esattamente come la volevo. La sala principale ha una miriade di finestre da una parte e diversi luoghi dove rilassarsi dall'altra. C'è persino il camino. Sì, è lì davanti al fuoco che spoglierò Emma questa notte.

"Andiamo!" mi dice Emma prendendomi per mano. "Voglio esplorare."

Mi trascina verso la porta principale. La seguo attraverso il promontorio, fino al bordo. Lei mi stringe la mano con forza e ci sporgiamo per sbirciare oltre.

"C'è una spiaggetta lì," dice indicando la piccola lingua di sabbia tra la scogliera e l'oceano.

Abbasso lo sguardo e mi acciglio. Ora la marea lambisce gentilmente la spiaggia, ma scommetto che non è sempre così.

"Scommetto che non vuoi farti trovare lì subito prima dell'innalzamento della marea. Immagino che ti ritroveresti schiacciata contro quelle rocce."

Lei mi guarda. "E quando si alzerà la marea?"

Guardo il sole cercando di valutarne la posizione nel cielo. "Forse tra sei ore? Più o meno."

Lei sorride trionfante. "Possiamo andare laggiù? Voglio dire, lo so che c'è da camminare, ma penso che ne valga la pena."

"Sì, senza dubbio. Ma prendiamo qualche bottiglietta d'acqua prima di andare."

Torniamo in casa. Io prendo le bottigliette d'acqua e lei si infila un paio di pantaloni da yoga. Cosa che non mi dà per niente fastidio. Non l'ho mai vista con indosso i vestiti della palestra, ma c'è qualcosa nel modo in cui il suo culo si muove sotto i pantaloni da yoga che me lo fa diventare subito duro come una roccia. Quando insisto affinché lei faccia strada mentre percorriamo il sentiero che segue l'innalzamento della scogliera, lei è più che felice di farlo.

Ma ci mette ben poco a capire dove volevo andare a parare.

"Stai facendo qualcos'altro là dietro a parte guardarmi il sedere?" Si gira verso di me.

Io alzo lo sguardo e le dico: "No."

Emma sospira e rallenta per affiancarmi. Il sentiero su cui stiamo camminando si restringe e cominciano a spuntare degli alberi, con il fogliame che comincia a farsi piuttosto denso.

Lei resta in silenzio per un minuto, ma riesco quasi a sentire gli ingranaggi del suo cervello che lavorano. "Posso farti una domanda?"

"Dipende. Una domanda su Asher o sul Cure?"

Fa una smorfia. "Nessuno dei due. Si tratta dei tuoi genitori."

"I miei genitori?" le chiedo, sorpreso. "Che vuoi sapere?"

"È che non ti sento mai parlare di loro. Cosa ti ricordi?"

Mi prendo un intero minuto per pensare alla sua domanda. "Beh, erano giovani quando nacqui io. Mia madre forse aveva quindici anni. E non aveva nemmeno vent'anni quando nacque Gunnar."

"Ah, sì?"

Annuisco. "Mio padre era un po' più vecchio di lei, ma non di molto. Erano entrambi due tossicodipendenti prima che noi nascessimo." Faccio una pausa. "Gunnar fu portato via dai servizi sociali non appena nato perché risultò positivo agli oppiacei. Ma non dirglielo."

"Cosa, veramente?"

"Mhmm. Allora intervenne mia nonna e lo prese con sé, e poi, nel giro di pochi mesi, ci prese tutti e tre."

"Wow, non lo sapevo. Te li ricordi i tuoi genitori?"

Faccio una smorfia. "Più o meno. Mi ricordo che litigavano spesso. Spesso arrivava la polizia, per quanto litigavano. Erano violenti. Mi ricordo che almeno, quando ottenevano la loro *medicina*, se ne restavano calmi per il resto della giornata."

Emma mi prende per mano e intreccia le dita alle mie. "Mi dispiace."

Faccio spallucce. "Sarebbe potuta andare peggio. Quantomeno non hanno mai picchiato me o i miei fratelli."

"Quindi ti hanno smollato da tua nonna quando avevi quanto... cinque anni?"

"Sì. Nonna Ruth. Era molto severa, ma c'era sempre quando c'era bisogno di lei. Non ho mai..." Mi fermo, faccio un respiro. Non ero pronto ad affrontare una conversazione del genere. "Quando era in vita, non le ho mai detto quanto apprezzassi tutto quello che aveva fatto per noi. Nessuno la costringeva a farlo."

Emma mi stringe la mano. "Sono sicura che lo sapesse."

Le rivolgo un sorriso smorto. Il sentiero cambia e comincia ad andare in discesa, e gli alberi si fanno sempre più radi. Poi il sentiero vira verso destra e gli alberi svaniscono del tutto. D'improvviso mi ritrovo a guardare l'oceano.

Sotto ai miei piedi il terreno si inclina in modo drastico, conducendo fino a una lunga scalinata scavata nella roccia. La percorriamo insieme e, infine, raggiungiamo la lingua di ciottoli lambita dal mare.

Mi guardo indietro, meravigliato. "Siamo appena scesi da lassù." Indico la torreggiante scogliera rocciosa. "Mi sembra impossibile."

Emma mi avvolge la vita con un braccio. "È bello qui. L'acqua è scura, e così anche le rocce. E poi c'è questa striscia di spiaggia in mezzo che crea proprio un bel contrasto."

Guardo Emma, guardo i suoi occhi verdi, i suoi capelli scuri, il suo volto angelico. Mi viene di nuovo duro, qui e ora, e non nemmeno esattamente il perché.

"Lo sai cosa sarebbe bello?" le chiedo scostandole i capelli dal viso. Mi sporgo in avanti e le do un bacio sul lobo dell'orecchio.

Lei sembra leggermente sorpresa, ma non è immune alla mia lingua sulla cartilagine del suo orecchio. "No, cosa?"

La faccio indietreggiare fino a quando non si ritrova con la schiena premuta contro la parete rocciosa. "Dovremmo scopare qui. Ora."

Le struscio il cazzo contro lo stomaco ed emetto un ruggito basso, di gola. Qualunque cosa le stia facendo, funziona, perché lei subito avvinghia la sua bocca alla mia e mi bacia con un sospiro.

"Non farmi aspettare," è tutto quello che dice avvolgendomi il braccio attorno al collo.

"Mai," le prometto solennemente. "Non dovrai mai più aspettare."

La bacio e i rumori di noi che scopiamo si mescolano scemando nei rumori del mare.

16

Emma

Guardo il mio cellulare e sospiro in silenzio. Sono a pranzo con mia madre, in un posto tanto elegante quanto ridicolo... e sto contando i minuti che mancano alla fine. Mi guardo in giro, guardo le tovaglie di lino bianche e i camerieri tutti vestiti di bianco.

L'unica cosa che voglio è togliermi questo vestito attillato di dosso e uscire con Jameson. Alla fine ero stata costretta ad abbandonare il suo letto. E mia madre è stata estremamente chiara riguardo la mia partecipazione a questo pranzo, e così eccomi qui.

Ma ciò non vuol dire che io debba esserne felice.

"Ma ti rendi conto?" dice mia madre tirando su con il naso e bevendo un sorso di vino. "Quella Sarah Perkins. Ha reso le sue opinioni esplicite, anche se nessuno, a parte suo marito, l'ha presa sul serio. Tutti noi sappiamo che Nancy viene da... beh, diciamo che non è cresciuta in una famiglia ricca. E ha ancora la puzza di chi è povero e assetato di denaro. Si vede chiaramente."

Spingo il salmone in giro per il piatto. La ascolto a malapena. "È terribile."

"Vero, no? Quella donna è una vera megera, questo è sicuro." Fa segno a un cameriere di passaggio. "Un altro bicchiere di pinot grigio, grazie." Poi il suo sguardo pieno di disapprovazione si sposta su di me. "Hai intenzione di startene lì per tutto il tempo con quell'aria mogia?"

Drizzo la schiena. "Cosa dovrei dire?"

Lei si sposta sulla sedia e si passa una mano sul vestito bianco. "Mi piacerebbe sapere cos'è successo durante il tuo appuntamento con Rich."

Arrossisco e abbasso lo sguardo. "Mamma, Rich non è un bravo ragazzo. Mi ha sbattuta contro il muro. Mi ha lasciato dei lividi sul braccio."

Mia madre strizza gli occhi. "Io di lividi non ne vedo."

"È successo una settimana fa!" Metto giù la forchetta e getto il tovagliolo nel piatto. Quasi all'istante, un cameriere arriva e mi toglie il piatto.

Un altro poi arriva per dare a mia madre un altro bicchiere di vino. Lei inclina la testa, ma continua a guardare me.

"Penso che tu sia un po' troppo emotiva." Beve un sorso di vino.

"Riguardo il fatto che quel tizio si è ubriacato e mi ha messo le mani addosso? Non penso proprio."

"Emmaline!" dice mia madre guardandosi in giro come se qualcuno mi avesse sentita. "Abbassa la voce. E dubito fortemente che sia questo quello che è successo."

"È esattamente quello che è successo." La mia voce è calma, ma dentro di me comincio a fremere di rabbia. "Se hai bisogno di prove, le puoi trovare nel rapporto della polizia. Lo ha ammesso."

Mia madre alza gli occhi al cielo.

Lo so che a volte può essere veramente una stronza ma, onestamente, adesso non riesco a credere a quello che vedo. "La polizia l'ha portato via. Se lo accusano di qualcosa, non ha niente a che fare con me. Io sono la vittima."

Mi stringo il torace tra le braccia e le lancio un'occhiataccia.

Mia madre sospira. "Va bene, va bene. Ma solo perché hai avuto una brutta esperienza con Rich, ciò non significa che tu debba dare un taglio netto agli appuntamenti. Altrimenti, senza neanche accorgertene, ti ritroverai trentenne, sola e amareggiata."

Spalanco la mascella. "Ma ti senti quando parli?"

"Io sì, e tu?" Si appoggia allo schienale della sedia e fa mulinare il bicchiere di vino. "Io voglio semplicemente aiutarti a trovare un marito. Ci si aspetterebbe un po' di gratitudine, quantomeno."

Digrigno i denti. "Beh, io mi vedo già con qualcuno."

"Oh?" Si drizza. "Chi?"

"Qualcuno che non fa parte della cricca dei figli dei tuoi amichetti. Qualcuno che non parteciperebbe neanche morto a una delle tue feste."

La sua espressione si fa piatta.

"Quindi la tua intenzione è di gettare al vento la tua vita e di sposare un signor nessuno? No, non penso proprio." Prende la borsetta e tira fuori il cellulare. "Comincio subito a darmi da fare. Evelyn Becker mi stava proprio dicendo che suo figlio è pronto a sistemarsi..."

"Madre..." Mi acciglio, ma lei continua a guardare il proprio cellulare. Mi alzo e copro lo schermo con la mano. "Mamma! Basta! Cristo santo."

Lei mi guarda, offesa. "Emmaline, cara, io voglio solo assicurarmi che tu non finisca da sola. È dovere di ogni buona madre assicurarsi che qualcuno pensi alla propria figlia."

Espiro. "Ti ho appena detto che già mi vedo con qualcuno. Non sono sola. E anche se lo fossi, non ho bisogno che ci pensi tu a sistemarmi con qualcuno. La maggior parte dei figli dei tuoi amici sono delle persone odiose, nel caso in cui non te ne fossi accorta."

"Oh, io non direi proprio..."

"Beh, io sì," dico mettendomi di nuovo a sedere. "Sono sicura che siano delle eccezioni, ma non mi interessa scoprirlo da me. Io sono più che felice."

Mia madre solleva un sopracciglio. "Come si chiama, quest'uomo che si suppone ti stia corteggiando? Che cosa fa?"

Mi mordo il labbro e abbasso lo sguardo. "È da poco che ci vediamo. Non mi va ancora di spiattellarti tutte queste informazioni."

Mia madre beve un sorso di vino. "Sembra che tu ti sia inventata qualcuno tanto per zittirmi."

"È reale, te lo assicuro."

"E tu pensi che quest'uomo sarò in grado di mantenerti una volta che ti sarai laureata?"

Sono confusa. "Cosa? Io potrò lavorare. Perché non dovrei farlo?"

Mia madre mi guarda come fossi scema. "Sarai incinta, voglio sperare. Non avrai tempo per un vero *lavoro*, Emmaline."

Voglio protestare. Spalanco persino la bocca, ma non viene fuori nulla. Non dubito della sua sincerità... è solo che mia madre vive in un mondo completamente diverso da quello in cui vivo io.

"Madre," dico. Non so nemmeno da dove iniziare. "Anzitutto, io non rimarrò magicamente incinta, a meno che non ci provi. Sia ringraziato il cielo per gli anticoncezionali. Secondo, suppongo che tu preferisca che io mi sposi, prima..."

"Non c'è bisogno che te lo dica."

"Esatto. Terzo, la mia intenzione è di trovare un lavoro e di tenermelo, a prescindere dall'essere o dal non essere incinta. La gente lo fa di continuo."

La sua bocca si imbroncia in un'espressione amara. "Tu

pensi di poter fare tutto, ma non è così. Soprattutto non subito dopo aver partorito."

Mi dispiace un po' per lei. "Non lo penso. Quello che penso è che gli uomini dovrebbero partecipare attivamente nel tirare su i propri figli."

"Oh, veramente, Emmaline!" dice lei, esasperata. "Queste sono cose senza senso. Se ti sentisse tuo padre, ti spedirebbe dritta dritta in riabilitazione."

"E allora dovrebbe fare in modo di farmi dichiarare incapace di intendere e volere. Per io non ci andrei senza un buon motivo. E cosa stai dicendo, che non siamo d'accordo su chi dovrebbe crescere il mio ipotetico bambino? Non è un qualcosa che papà potrebbe portare in tribunale."

Mi alzo e prendo la mia borsetta. Mi passo le mani sul vestito per lisciare le sgualciture.

"Emmaline..."

"Madre, ora devo andare. Ho un appuntamento. Grazie per il pranzo." Mi giro ed esco dalla sala. Spero vivamente di avere un aspetto sicuro di me, calmo, ma dentro di me mi sento così oltraggiata che sto tremando.

Esco dal ristorante e prendo ampie boccate di aria fresca. Di solito mi riesce molto meglio di così a tenere testa a mia madre, ma stavolta le ho veramente permesso di saltarmi alla gola.

Mi ricompongo e salgo a bordo del mio coupé. La Range Rover che ho guidato per alcuni giorni mi piaceva, ma era solo una macchina di cortesia mentre aspettavo che la mia venisse riparata. Guido fino a casa sovrappensiero, provando a non adirarmi a causa delle cose orribili che ha detto mia madre. Faccio veramente del mio meglio. Inspiro, espiro. Conto fino a cinquanta. Faccio tutte quelle cose raccomandatemi una volta da un terapista per avere a che fare con la mia famiglia. Ma il dolore persiste.

Quando finalmente arrivo a casa, sono così sovrappensiero

che per poco non mi accorgo di Evie e Maia. Torno indietro ed entro in cucina. Le trovo sedute l'una di fronte all'altra, ognuna con una tazza di tè fumante tra le mani.

A quanto pare Evie ha un metodo tutto suo per confortare le sue amiche.

Maia si asciuga una lacrima e distoglie lo sguardo. Evie mi guarda, la sua espressione perfettamente neutra.

"Che succede qui?" chiedo, curiosa.

"Stavamo semplicemente chiacchierando." Evie sospira e si appoggia allo schienale della sedia.

Guardo Maia. "Di ragazzi?"

Maia fa di sì col capo. Ha un aspetto terribile. Quando parla, il suo accento britannico da altolocata è particolarmente marcato. "Gli uomini fanno schifo."

Non posso non essere d'accordo. "Volete ordinare qualcosa da mangiare? Una pizza, magari?"

Evie si illumina. "Io muoio di fame."

Le sorrido. "Che ne dite se mi vado a cambiare e ci vediamo sul portico? Voi non dovete far altro che decidere che tipo di pizza volete."

Evie mi sorride e Maia mi rivolge un mesto sorriso. Vado in camera, mi infilo una minigonna di jeans e un'enorme maglietta blu. Poi prendo il portafoglio e il cellulare ed esco.

Evie e Maia si sono appollaiate sulle sedie, così io mi siedo sul pavimento.

"Vi va bene quella pizzeria sulla terza strada? I loro grissini me li sogno la notte," dico.

"Ma certo," dice Maia facendo spallucce.

Evie sembra pensierosa. "Io penso che ne prenderò una con formaggio di capra e pomodorini secchi..."

"Sì! E anche... i carciofi!" dice Maya.

"Con base pesto?" chiedo.

"Ah, lo sai quanto mi piace il pesto," dice Evie.

"Sì, sembra perfetta." Maia strizza gli occhi sotto la luce del sole. "E grissini, perché a quanto pare lì ne hanno di ottimi."

"Oooh, e della Diet Coke, se ne hanno."

"Ragazze, non potete nemmeno immaginarvi quanto mi avete appena migliorato la giornata," dico cercando la pizzeria su internet. "Dopo la mattinata di merda che ho passato, questa pizza mi ridà veramente una botta di vita, lo giuro."

"Ah, non farmi cominciare a parlarti della mia, di mattinata," mormora Maia. "L'ho già detto che gli uomini fanno veramente, ma veramente schifo?"

"Che è successo?" chiedo distratta dal cellulare che ho tra le mani.

"Il mio ragazzo... beh, ora è il mio ex, immagino. Ad ogni modo, si è preso una mazzetta dalla mia famiglia e mi ha scaricata." Maia sembra sul punto di vomitare.

"Wow..."

Maia si morde il labbro. "Io forse ho... detto ai miei che per tutto questo tempo stavo frequentando l'istituto artistico. Tipo che gli ho detto che stavo prendendo un master."

Alzo lo sguardo dal cellulare, a dir poco scioccata. "Tu cosa?"

Mi rivolge un sorriso forzato. "La tua reazione è stata sicuramente meglio di quella dei miei genitori. Ad ogni modo, non mi va di parlarne. Per niente per niente per niente."

Scuoto il capo leggermente e premo il pulsante per ordinare. Poi mi concentro su Maia. "Okay. Ma questo che c'entra con la tua cittadinanza? Penso tu sia qui con un visto da studente..."

"Possiamo evitare di parlarne?" mi implora.

Evie si schiarisce la gola. "Che ne dite se torniamo a parlar male degli uomini? Perché a volte fanno veramente schifo."

Il telefono mi vibra in mano. Abbasso lo sguardo e vedo che Jameson mi ha inviato un messaggio.

Hai da fare?

Basta quello a farmi sorridere. Gli rispondo.

Sì. Ci vediamo dopo?

Ricevo la sua risposta e cerco di non sorridere. *Puoi contarci.*

"Chi è che le manda dei messaggi che la fanno sorridere?" chiede Maia ad Evie, accigliandosi.

"Nessuno!" dico io mettendo giù il cellulare. "E la pizza sta arrivando. Ora, dove eravamo con i nostri insulti agli uomini?"

Evie mi rivolge una strana occhiata, ma poi lascia perdere. E io me ne resto lì seduta e le ascolto lamentarsi degli uomini che le hanno fregate... il tutto mentre, dentro di me, sono raggiante. Perché anche se i miei genitori mi fanno infuriare e mio fratello fa certe cose che non comprendo...

Jameson è sempre lì per me. E questa volta ha intenzione di restare. Me lo sento.

E ciò significa che io non posso più lamentarmi. Non su di lui, almeno.

17

Jameson

"Sei sicura che dobbiamo andare per forza?" chiedo tirando l'orlo del vestito di Emma. Sono stravaccato sul letto e indosso un completo costoso. "Potremmo restarcene a letto, sai?"

Emma mi guarda, mi sorride e si mette i suoi orecchini di diamante. "È dalla tua sofisticata Gilda dei Baristi che dobbiamo andare! Tu devi andare per forza. Inoltre, hai promesso che saremmo potuti andare insieme, per vedere com'è... insomma, sai no, com'è *uscire* insieme."

Allungo una mano e la costringo a distendersi sopra di me. Le avvicino le labbra all'orecchio mentre con le mani le massaggio i fianchi. "Posso pensare ad almeno altre dieci cose che preferirei fare."

Per un secondo, lei mi dà retta. Mi poggia le mani sul petto e io le mordicchio il lobo dell'orecchio.

"Mhmm," dice. "Sei terribile."

Le metto la mano sotto al vestito infilandole un paio di dita nell'elastico dei pantaloni. "Ci sono un paio di cose che mi riescono particolarmente bene, oserei dire."

Il suo respiro comincia ad accelerare mentre il mio tocco vaga verso la parte anteriore delle sue mutandine. Le do un bacio sulle labbra, provando a sopprimere il godimento che provo. Ho ragione, dopotutto.

"Tu sei il male."

Le sollevo il vestito fino alla vita e le tiro giù le mutandine. "Lo sai che ti piace."

Emma mi guarda, i suoi occhi carichi di lussuria. "Ciò non mi farà cambiare idea su stanotte. Ci andiamo lo stesso."

"Vedremo," le dico baciandola. E poi le do uno schiaffo sul culo. "Voglio che ti siedi sulla mia faccia. Voglio farti venire."

"Oh, Jameson—" fa lei per protestare. La sculaccio di nuovo.

"Qui si parla troppo. Vieni qui, subito, prima che mi arrabbi."

Lei diventa rossa come un peperone ma poi si muove. Mi cavalca la faccia, i suoi movimenti sono esitanti. Io giro la testa e le do un bacio sull'interno coscia, solleticandole la pelle nuda con i peli della mia barba.

Lei comincia ad ansimare e si palpa i seni. La blocco poggiandole una mano sul culo scoperto e una sull'addome. Ha un odore fantastico in questa posizione, con le sue gambe ai lati della mia testa. Usando due dita per sollevare e separare le sue grandi labbra, scopro che è già bagnata, tanto è il desiderio.

"Mhmm," dico tirando fuori la lingua e stuzzicandole la fica con leccate fugaci.

Lei geme e preme verso il basso, alla ricerca del contatto. E io glielo concedo e comincio a far mulinare la lingua sulla sua clitoride.

"Io... io..." dice, gli occhi chiusi con forza. "Caaaaaazzo, è meraviglioso."

Io ridacchio e le vibrazioni filtrano all'interno del suo corpo. Per un po', la stuzzico e la scopo con la mia lingua. Lei geme frustrata, e io sorrido. Non dovrebbe piacermi così tanto, ma i suoi rumori impazienti e il fatto che mi sta inzaccherando la faccia con i suoi umori sono semplicemente fantastici.

Le avvinghio le labbra sulla clitoride e comincio a succhiare con forza. Emma va in frantumi, bagnandosi sempre di più, pulsando. Vederla così, completamente disfatta, mi eccita da morire. Vorrei quasi essere dentro di lei, ma ogni cosa a suo tempo.

La aiuto a cavalcare il proprio orgasmo, continuando a leccarla pigramente fino a quando lei non si scosta. Si lascia cadere sul letto, il respiro ansimante. Io mi metto a sedere e mi asciugo il volto con la mano.

"Oh, mio Dio," dice lei, gli occhi ancora chiusi.

Ha il vestito ancora sollevato attorno alla vita. Mi prendo un momento per accarezzarle i fianchi e apprezzare la sua fica bagnata. Vedo i suoi umori che brillano sotto la luce del giorno che muore.

"Dio, quanto sei bella," le mormoro dandole un bacio sulla coscia.

Lei apre un occhio. "Tu mi fai impazzire. Quando mi hai succhiato la clitoride?" Emette un suono soffocato. "Sarai la mia morte, già lo so."

Sorrido. "Un bel modo per andarsene."

Emma sospira. "Mi passi le mutandine?"

Inclino il capo da un lato. "Uhm, penso di no. L'idea di te nuda sotto al vestito è probabilmente l'unico modo che hai per convincermi da andare a questa cavolo di cosa."

Lei solleva le sopracciglia, ma non insiste. Si tira su dal letto e fa scendere il vestito. Lo alliscia come se non l'avessi appena fatta venire dappertutto.

Va verso l'armadio, ma io la afferro e le do un bacio sul

sedere. Lei resiste, lottando un po'. Io non le do retta e affondo il viso tra le sue natiche.

"Penso proprio che dopo ti leccherò il culo, e che tu lo adorerai. Quindi pensa a questo stasera, mentre socializzi con degli sconosciuti."

E poi la lascio andare e mi alzo in piedi. Lei si gira e mi guarda, un po' confusa e un po' pietrificata.

"Ti piace farlo?" mi chiede.

"Mi piace il fatto che tu verrai come non sei mai venuta in vita tua. E che sarai a tuo agio con questo tipo di gioco erotico. Prima o poi, vorrò venirti nel culo, ma bisogna cominciare dal basso. Quindi è proprio un bel bonus." Le faccio l'occhiolino e vado a mettermi le scarpe.

Li mi fissa, la bocca spalancata. "Tu sei pazzo, cazzo."

"Andiamo, su. Siamo già in ritardo. Colpa tua," le dico.

"Sei tremendo!" mi dice infilandosi le scarpe. "Spero che tu lo sappia."

La spingo fuori dalla porta e ci affrettiamo verso la macchina. Quando arriviamo in centro ed entriamo all'interno del bar oscuro e affollato dove si tiene l'evento, fuori ormai è buio. Questo bar, The Golden Compass, è un bar di alta classe a tema nautico, con sontuosi tappeti rossi e divanetti in pelle di colore blu. Il bancone è ricoperto da uno piano di lavoro dorato e un backsplash dello stesso colore, con diverse varietà di rum messe in bella mostra.

Prendo Emma per mano e ci dirigiamo verso il bar. Siamo in ritardo. Un paio di baristi stanno parlando con un gruppo di persone riguardo una degustazione di vini. C'è a malapena spazio per noi ma, grazie alla mia stazza, le persone si spostano quanto basta per far posto anche a noi.

Uno dei tizi che sta parlando al gruppo si gira e mi guarda. È un tipo estremamente trendy, vestito quasi da domatore del circo, con tanto di baffi a manubrio. "Bene, bene! Guardate chi è arrivato."

Varie teste si girano verso di me. Sgomito facendomi spazio tra la folla, sempre assicurandomi che Emma sia al mio fianco. Gli stringo la mano.

"Jethro, amico mio. Non so se te l'ho già detto, ma questo bar è magnifico."

"Grazie mille. La signora chi è?" Guarda Emma, che arrossisce furiosamente.

"Lei è Emma. Emma, lui è Jethro. Questo bar è suo."

"Piacere di conoscerti," dice lei con estrema gentilezza.

"Stavamo proprio per cominciare una degustazione di vini. Potremmo dividerla tra vari bar, e forse accompagnarla con dei formaggi," dice Jethro. "Beth, che cosa stavi dicendo?"

Jethro si gira verso Beth, che è vestita come una pronta ad andare a un rave party degli anni '90. Questi tizi sono decisamente troppo trendy per noi poveri mortali.

"Oh, solo che potremmo fare una serata speciale, o che... potremmo decidere un menu speciale e tenerlo per tutta una settimana." Sembra molto dedita.

"Giusto. Voi che ne pensate? Una settimana, o una serata speciale?" chiede Jethro a tutti i presenti.

"Che ne dite di un mese?" dice qualcuno dietro di me.

"Sono d'accordo!" dice una donna.

Guardo Emma. Lei mi sorride, io le stringo la mano. Sa che questo è il mondo, e lei sembra perfettamente contenta di sedersi sul sedile posteriore e lasciare che sia io a guidare. Allo stesso tempo, questa riunione non è così noiosa, e lei sembra interessata.

È disposta ad assorbire tutto. E io apprezzo questa sua disposizione d'animo più di quanto lei non immagini.

Più tardi, quando la maggior parte della gente si è dispersa, Emma e io ci sediamo su uno di quei divanetti, i nostri corpi premuti l'uno contro l'altro. C'è un tavolo di fronte a noi, e Beth sta parlando senza sosta sull'acquisto delle botti di legno che si usano per far invecchiare il whiskey.

Jethro arriva portandoci un vassoietto con cocktail al rum, ogni bicchiere decorato a festa con delle fette di ananas e piccoli ombrellini. Poggia il vassoio di fronte a noi. "Provate il nostro nuovo drink. È come il Mai Tai, ma più rinfrescante. Lo facciamo con una tonnellata di succo di cocco."

Sorseggio il mio drink, soddisfatto. Sollevo un sopracciglio. "Che ne pensi?" chiedo ad Emma.

Lei si porta la cannuccia alle labbra, chiude gli occhi e lo assaggia. Spalanca gli occhi di botto.

"Dovreste imbottigliarlo e venderlo alle collegiali. Ne vendereste un milione di casse in men che non si dica," dichiarò.

Jethro ridacchia. "Sono contento che ti piaccia."

"Mhmm," dice lei con modestia.

Faccio scivolare la mano sotto al bancone e le stringo il ginocchio. Lei mi guarda continuando a bere. C'è un luccichio malizioso nei suoi occhi. Sposto la mano verso il suo corpo.

Questa cosa, questo flirtare con qualcuno con cui dovrei flirtare, è nuova per me, così come è un'esperienza innovativa portare a un evento qualcuno che rispetto e a cui, più tardi, voglio strappare i vestiti di dosso.

È così che è avere una relazione? Se è così, allora non è tante male.

Non che Emma ed io abbiamo reso la cosa ufficiale... la guardo. Se però avesse trovato il tempo di vedersi con qualcun altro, ne sarei rimasto molto sorpreso. Siamo stati inseparabili nelle ultime due settimane.

"Qui servite principalmente drink al rum?" chiede Emma a Jethro.

Jethro si impettisce e si lancia in quello che è ovviamente un discorso attentamente preparato sul perché gestisce un bar rivolto principalmente agli amanti del rum. Io provo a non alzare gli occhi al cielo quando sfoggia il termine *proto-tiki*. È troppo contento che qualcuno glielo abbia chiesto, tutto qui.

Quando poi Jethro si alza e ci va a preparare qualcos'altro, io mi avvicino all'orecchio di Emma. "Molto presto ti farò delle cose indicibili. Lo sai questo, vero?"

Lei mi guarda con un'espressione divertita che mi dice fatti sotto. Sorseggio il mio drink e imposto un timer mentale su venti minuti. Tra venti minuti, mi inventerò una scusa e ce ne andremo.

E allora sì che inizierà il divertimento.

18
———

Emma

Quando torniamo a casa mia, Jameson comincia a spogliarmi ancor prima che io possa infilare la chiave nella toppa. Non appena entriamo, mi solleva e mi porta in camera da letto, poggiandomi poi di schiena sul materasso.

Mi guarda dalla testa ai piedi. Il suo sguardo è oscuro e penetrante. Sembra quasi che riesca a vedermi dentro all'anima. Mi vergogno quasi, come se avessi dovuto indossare qualcosa di più lungo di questo vestitino, ma non ha importanza. Mi afferra le mani quando provo a coprirmi, e poi mi fa sedere sulle proprie ginocchia.

"Ma lo sai che sei veramente sexy?" mi ringhia nell'orecchio. Io gemo e mi metto a cavalcioni su di lui, avvicinandomi al suo corpo il più possibile.

Sento il mio corpo che si avvampa. Cavalcandolo così, è impossibile non sentire il suo cazzo duro attraverso i jeans. È lungo, tozzo e perfetto. Già so che sarà meraviglioso averlo nella mia fica, che mi allarga e mi fa fremere in preda all'estasi.

"Forse," gli sussurro. L'aria nella stanza è troppo calda e pesante sulla mia pelle.

"No che non lo sai," mi dice lui infilandomi una mano nei capelli e facendomi avvicinare alle sue labbra. Mi piace il dolore che sento, la sua mano che mi stringe i capelli, che mi controlla.

Lo bacio. Sento il calore emanato dal suo corpo. Mi bacia sul collo, un bacio che mi fa fremere di piacere. Mi palpa il seno, un gesto lento, pigro. Il mio corpo brucia per lui, un fuoco che si espande tra i miei seni e dilaga fino in mezzo alle mie gambe.

Muovo i fianchi contro i suoi. Bramo il suo tocco. I miei seni, il mio culo, la mia fica... sono tutti in fiamme, e il suo tocco magico è l'unica cosa in grado di lenire il bruciore costante. Mi passo la mano sul ventre. Lui mi succhia il seno, e la mia mano si infila in mezzo ai nostri corpi.

"Non così veloce," dice stringendomi i capelli per farmi scostare il viso. "Voglio che scendi e ti spogli."

Mi mordo il labbro e lo spingo. Lui mi lascia andare i capelli e si alza.

"Brava ragazza," mi dice. "Ora spogliati. E siediti sul bordo del letto. Io torno subito."

Jameson scompare e io resto da sola a spogliarmi. Mi tolgo il vestito e lo lascio cadere a terra. Esito, poi mi sgancio il reggiseno e mi tolgo anche quello. Aspetto un secondo per vedere se Jameson ritorna, ma non lo fa.

Così mi siedo sul letto, poggiando il culo sul bordo del materasso. Poi Jameson ritorna. In mano ha un sacchetto di seta nera. Si chiude la porta alle spalle e mi rivolge un sorriso malizioso. Poggia il sacchetto vicino a me e mi guarda, come un gattone che contempla la propria preda.

I suoi occhi vagano sulla mia pelle nuda. Li sento come una

carezza, calda, pesante. Apre il sacchetto e tira fuori un ghiacciolo, del lubrificante... e un dildo viola lungo dieci centimetri. Sgrano gli occhi.

"Un dildo?" gli dico. Pensare a lui che lo usa su di me mi fa fremere. "Non vuoi che il tuo sia l'unico pene nella stanza?"

"Come sei graziosa." Sorride. Getta il dildo sul letto e si sfila la maglietta. Rivolge un'occhiata al mio corpo, ai miei capezzoli turgidi.

"Non te ne preoccupare per ora," mi dice venendo a posizionarsi tra le mie gambe. "Fidati di me, Emma."

Scarta il ghiacciolo, rivelandone il gusto. È rosso ciliegia. Se lo mette in bocca, mugugnando a mio beneficio. Poi lo tira fuori con un *pop* e me lo porge. Esitante, tiro fuori la lingua, tremando dinanzi alla sua freddezza e dolcezza.

Jameson si inginocchia tra le mie ginocchia e continua a succhiare il ghiacciolo. Non posso fare a meno di fissarlo, di fissare la sua bocca e la sua gola che si muovono mentre succhia il ghiacciolo con tanta dedizione.

"È dolce," dice, i suoi scuri pieni di promesse. "Ma non quanto te."

Mi bacia, il sapore fruttato del ghiacciolo ancora sulla sua lingua. Poi si ritrae e usa il ghiacciolo per sfiorarmi i capezzoli. Sussulto. Al freddo del ghiacciolo segue il calore della sua bocca, della sua lingua.

Gemo, vagamente conscia di quanto mi stia rendendo bisognosa, e spingo il petto in fuori. Le sensazioni di caldo e freddo sono così lontane l'una dall'altra... mi viene la pelle d'oca. E quando lui mi lecca i capezzoli, riesco a sentire tutto in modo ancora più acuto, con la precisione di un laser.

Grido. Lui mi spinge sul materasso, abbassando il ghiacciolo. Mi muovo di soprassalto, allora lui si ferma e mi guarda.

"Stai ferma. Non fare il minimo rumore, oppure smetto. Hai capito?"

Il mio cervello sopraffatto dalle sensazioni mi spinge a mettermi a sedere e a guardarlo come un'idiota.

"Non sono stato chiaro?" mi dice.

"No, ho capito," dico io.

"Bene. Adesso non voglio sentire più nemmeno una parola," dice spingendomi di nuovo verso il materasso. Mi dà un bacio sull'interno della coscia, e io devo stringere le coperte con forza per cercare di non fremere o gemere.

La sua lingua segue il ghiacciolo sul mio ombelico, sul mio fianco, e poi giù, in mezzo alle mie cosce. Mi mordo il labbro inferiore, facendo fatica a restare immobile. Quando poi usa il ghiacciolo per sfiorarmi la clitoride, sono pronta a urlare.

Il ghiacciolo poi scompare, gettato via. Jameson conosce il mio corpo, sa che sono pronta ad esplodere. Ma si prende tutto il tempo del mondo per farmi venire. Mi lecca lentamente la clitoride fino a quando non comincio ad ansimare, provando a non implorarlo mentre lui estrae fino all'ultima goccia di piacere dalla mia carne.

Si ferma per un secondo, e io mi lamento. Si muove per recuperare il dildo. Io mi blocco, ma prima che possa protestare, ecco che la sua lingua torna a leccarmi la clitoride con movimenti lenti e pigri.

Lo desidero in modo disperato. Stringo le lenzuola tra le dita. Lui ne approfitta e poggia il dildo contro le mie grandi labbra. Sono così bagnata ed eccitata da non aver bisogno di nessun lubrificante. Preme il dildo dentro la mia fica e allora io emetto un suono, una specie di gemito, e lui scosta di nuovo la bocca.

Riesco a sentire il mio corpo che lacrima per lui, riesco a sentire le lenzuola sotto di me che si bagnano, appiccicandomisi alle natiche.

"Farai la brava e resterai in silenzio così che io possa finire di leccarti la fica?" mi mormora contro la carne cruda. "Spero veramente di sì, perché non vedo l'ora di sentirti gridare il mio nome."

Annuisco, sento il mio viso che arrossisce. Chiudo la bocca e mi immobilizzo. Voglio che continui.

Mi preme di nuovo il dildo contro la fica. Sono così bagnata che riesce a scivolare dentro di me senza incontrare alcuna resistenza. Dio, la pressione del dildo scatena sensazioni magnifiche, è quasi come un cazzo.

Ma poi lui lo tira fuori e mi dà un altro bacio sulla clitoride. Non riesco a restare in silenzio. Gemo. Lui non si ferma, usa di nuovo il dildo per penetrarmi mentre mi lecca la clitoride.

"Oddio," dico io con un sussulto. "Cazzo!"

Afferro le lenzuola, sapendo che sto per venire. Sento le mie cosce che tremano mentre lui continua a pomiciare con la mia clitoride. E mentre muove la lingua, tira fuori il dildo dalla mia fica e lo sposta verso il mio culo.

Il contatto mi sorprende abbastanza da costringermi ad emettere un suono, ma per fortuna questa volta lui non si ferma, anzi continua a leccarmi. I suoi baci si fanno più intensi, più vigorosi. Sento il dildo che mi preme contro il culo.

Jameson si ferma e io gemo. Quando poi ricomincia, poggia di nuovo il dildo contro la mia entrata posteriore, e sento il lubrificante freddo che ora lo ricopre. Mi mordo il labbro inferiore e chiudo gli occhi.

È una cosa perversa, ma Dio quanto mi piace. Mi infila il dildo nel culo e mi bacia la clitoride. Mi sento piena, pronta, cazzo... sopraffatta.

"Oh, Dio... ti prego..." lo imploro.

Lui ridacchia. A me basta. Mi contraggo e comincio a tremare. Mi sento rapita, ma anche mentre io vado alla deriva, lui è pronto a ricominciare. Si leva i pantaloni, un'espressione intensa sul volto.

Si alza in piedi e mette il dildo da parte. Mi fa mettere a

quattro zampe e mi dà una sculacciata. Sento un fremito che mi corre lungo la schiena.

Jameson ringhia, il che non fa altro che farmi eccitare ancora di più. Mi fa allargare le cosce e mi preme il cazzo contro la fica. In questa posizione, sembra enorme, incredibilmente grosso.

Sfrutta la mia lubrificazione per penetrarmi a metà. Gemiamo entrambi. Mi stringe i capelli nel pugno, si ritrae leggermente, e poi mi penetra fino in fondo.

Grido. Il piacere confina con il dolore. Ce l'ha così grosso, mi riempie fino in fondo, ogni singolo centimetro, tocca ogni punto segreto dentro di me.

Mi afferra per i fianchi e comincia a scoparmi lentamente. Io fremo sentendolo che si ritrae e poi torna a riempirmi fino in fondo, ancora e ancora. Poi i suoi movimenti si fanno più veloci, la sua stretta si fa più forte, e comincia a scoparmi con vigore.

Gemo, lo sento che riempie ogni singolo centimetro della mia fica. Si muove un po' ed ecco che d'improvviso sta stimolando il mio pungo G. La mia fica si contrae istintivamente attorno al mio cazzo.

"Ah!" grido. "Dio, sì, lì!"

"Ti piace?" mi chiede ringhiando. "Voglio farti venire. Voglio sentire che vieni sul mio cazzo."

Gemo mentre lui continua a colpire il mio punto G, ancora e ancora, i suoi movimenti rapidi e precisi. Tutto dentro il mio corpo si contrae.

"Oh Dio... oh Dio, Jameson... sto... sto..." Grido, mi contraggo attorno al suo cazzo. Mi sento sul punto di esplodere.

Lui viene con un ruggito. Riesco a sentire i fiotti caldi del suo sperma dentro di me.

"Cazzo," mormora cercando di riprendere fiato.

Mi lascia andare i capelli e si sporge in avanti per darmi un bacio sulla schiena. Crollo sul letto e ridacchio, senza fiato.

Lui si ritrae e cade sul letto di fianco a me. Mi scosto i capelli sudati dal viso e rotolo su un fianco per guardarlo. Lui mi prende la mano e mi dà un bacio sulle nocche.

Mentre giace disteso di fianco a me, provando a controllare il proprio respiro, sento il cuore che mi si stringe. Quando lo guardo, faccio fatica a respirare.

"Sarebbe strano se ti chiedessi di essere il mio fidanzato?" gli dico all'improvviso. Divento subito rossa, e faccio del mio meglio per non coprirmi la bocca con una mano.

Lui apre gli occhi, sento il suo sguardo oscuro su di me. "No, non è per niente strano. Io avevo comunque intenzione di chiederti ufficialmente di diventare la mia fidanzata."

Si tira su, su un gomito, si sporge in avanti e mi bacia. Ho il cuore che mi batte all'impazzata.

"Ah, sì?" gli chiedo. Mi sento bisognosa, patetica. Quella parte di me che per così tanto tempo ha venerato Jameson non riesce a credere che io ora sono qui, e che stiamo avendo questa conversazione.

Lui ridacchia. "Sì. A me sembra..." Si schiarisce la gola. "Mi sembra che siamo più che semplici fidanzati. Non c'è una parola per descriverlo, mi sembra. Io... non sono nemmeno sicuro di come sia accaduto, ti dirò la verità."

Lo bacio, sentendo il sale che gli ricopre le labbra. "Forse allora ce ne dovremo inventare una, di parola."

Lui sorride. "Sì..."

"Ci penso io," gli prometto accoccolandomi a lui.

Lui non dice niente. Mi stringe forte a sé. E questo mi basta e avanza.

19

Jameson

La notte scorsa ho lavorato, il che significa che Emma ha dormito nel mio letto. Mi sono svegliato la mattina presto e l'ho lasciata che dormiva beata nel letto mentre il sole faceva capolino dalla finestra. Ho passato un sacco di tempo a controllare il sito web del mio agente immobiliare, dando un'occhiata ai prezzi e salvando le proprietà che mi piacciono.

Forse non comprerò questa casa con Asher, ma Forest ormai mi ha acceso un bel fuoco sotto al sedere. Le proprietà immobiliari sono il futuro, a quanto pare. E così una settimana fa mi sono rivolto a un'agente e lei ora sta cercando di aiutarmi a capire cosa voglio.

Almeno due camere da letto. Una per me, una per gli ospiti, o forse per farci un ufficio. Inoltre, mi piacerebbe un bel giardino, grande abbastanza da poterci fare i barbecue. Grande abbastanza per un'altalena, qualche giorno in un futuro lontano.

Sembra strano programmare per qualcosa che forse accadrà tra anni e anni, ma lo faccio lo stesso. Quando finalmente ho messo insieme una lista di posti che mi piacciono, li mando via e-mail alla mia agente immobiliare. Lei mi risponde quasi all'istante, chiedendomi se ho tempo di vederli proprio oggi.

Oggi? Provo a non andare nel panico. Voglio dire, oggi non devo lavorare, no. L'unica cosa che avevo intenzione di fare era di provare a convincere Emma ad andare a surfare. Ci penso per un minuto, metto il laptop da parte.

Torno nella mia stanza e guardo Emma che si muove nel letto, i suoi lunghi capelli neri sparsi sul cuscino. Per un momento, mi fermo ad ammirare le sue lunghe ciglia nere che riposano sulle sue guance, i soffici petali rosei delle sue labbra.

Mi siedo di fianco a lei, e al che lei apre appena appena gli occhi. Mi vede e mi sorride. Sento qualcosa che si agita dentro di me, qualcosa di puro, crudo, emotivo.

"Ehi tu," mi sussurra.

"Ehi." Mi sporgo in avanti per darle un bacio, e lei solleva la testa per venirmi incontro.

Dopo un momento, si scosta. "Sei già in piedi?"

Gli angoli delle mie labbra si sollevano. "A dire il vero sì. Che ne dici se oggi andiamo a vedere qualche casa?"

Sembra sorpresa. "Vuoi dire una casa per te?"

"La compro io," chiarisco. "Per viverci."

Emma si mette a sedere. "Non sapevo nemmeno che ne stessi cercando una."

"Infatti non è così, ma penso che dovrei farlo." Guardo le lenzuola infilate sotto il suo braccio, come a proteggere le sue vergogne. Si regge su a malapena. Do loro un leggero strattone e vengo ricompensato dalla visione dei suoi seni sodi.

"Jameson!" mi rimprovera lei tirando su le lenzuola.

Allungo una mano e le stringo il seno. Le mie dita trovano un capezzolo e lo tirano dolcemente. Lei sembra irritata, ma il suo capezzolo si inturgidisce sotto il mio tocco. Mi sporgo in avanti e me lo metto in bocca. Emma geme.

Mi infila le mani tra i capelli e ci gioca con un tocco lieve mentre io le lecco il capezzolo. Socchiude gli occhi.

"Sei tremendo," mi dice.

Le succhio il capezzolo giusto per un altro secondo, poi lo lascio andare. Ho lasciato un bel segno rossastro sull'areola. Mi piace.

"Non hai risposto alla mia domanda." Faccio scivolare una mano verso di lei, verso il suo fianco.

"Riguardo ad andare a vedere le case? Ma sì, certo. Se c'è una cosa che adoro è vedere le case vuote." I suoi occhi si aprono del tutto, più verdi che mai. "A che ora dovremmo andare?"

Ma io mi distraggo tirando via il lenzuolo per scoprire il suo corpo. "Dopo."

Le stringo i fianchi e comincio a baciarle il corpo. E, per diversi minuti, mi perdo nei suoi gemiti e nei suoi sospiri di piacere.

Quando torno alla realtà e riesco di nuovo a pensare all'agente immobiliare, il sole accecante sta attraversano le finestre riversandosi nella mia camera da letto. Cerco il mio cellulare e rispondo alla sua e-mail per farle sapere che oggi va bene per me.

Un paio di ore dopo, Emma ed io siamo in piedi nel giardino di un ranch. Ci teniamo per mano e strizziamo gli occhi sotto il sole. La casa di per sé non è niente di che, piuttosto scialba, e il giardino è costituito perlopiù da sabbia e terra.

"Questa casa è fantastica!" dice Ally, la nostra agente immobiliare di mezz'età. Si tira giù l'orlo del suo tailleur rosso acceso un po' troppo corto. "Due camere da letto, due bagni. Una cucina da poco rimodernata. Dovete proprio vedere gli interni."

Io mi limito a grugnire, per niente sicuro che questa casa vada bene per me.

Emma mi spinge in avanti. "Ci farebbe molto piacere vederla."

Ally sorride e si dirige verso il portico, lottando con la serratura della porta. Sogghignando, spalanca la porta, che si apre scricchiolando. "Come potete vedere ha bisogno di una ristrutturazione. Ha un potenziale enorme, e il prezzo è decisamente ragionevole..."

Emma mi lancia un'occhiata. "La decisione sta a te. Vuoi entrare?"

Annuisco esitando. "Sì, penso di sì."

Conduco Emma dentro la casa, sbiancando leggermente dinanzi alla carta da pareti verde e ai malridotti tappeti arancioni che ci accolgono. Un arredamento uscito dritto dai tardi anni Settanta.

"È un'ottima prima casa," dice Ally. "Ha solo bisogno di un po' di amore e attenzioni per poter diventare veramente bellissima."

Mi schiarisco la gola. "Ma per caso la maggior parte delle case nella mia fascia di prezzo hanno bisogno... di un po' di lavoro?"

Ally mi sorride. "Non tutte. Questa ha bisogno di più lavoro di altre, ma è anche la più grande di tutte. Entrate, entrate, guardate in giro. Come potete vedere questa casa ha un'ottima struttura da cui partire."

Vaghiamo per la casa mentre Ally ci descrive come hanno rimodernato la cucina, come le camere da letto, con un minimo di lavoro, potranno diventare meravigliose. I bagni sono ridicolmente datati, ma c'è abbastanza spazio per un ufficio. Inoltre, c'è un bel giardino sul retro, dove sarebbe facilissimo piazzare la griglia e l'altalena a cui continuo a pensare.

Ally ci lascia da soli nel giardino. Emma mi guarda, curiosa.

"Non hai detto granché. Che ne pensi di questa casa?" mi chiede.

"Non lo so," dico sospirando e passandomi una mano tra i capelli. "Ally continua a parlare del potenziale che ha questa casa, ma io faccio fatica a vederlo. Tu che ne pensi?"

"Io? Non lo so." Si morde il labbro.

La guardo. "Tu hai voce in capitolo, Emma. Potrebbe essere anche casa tua, in un futuro non troppo lontano. Ti ci vedi a vivere qui?"

Lei arrossisce. "È questo quello che pensi?"

"Cosa?"

Abbassa lo sguardo. "Che un giorno questa potrebbe essere la mia casa."

Esito, confuso. "Beh, sì. Se ti chiedo la tua opinione è perché ha importanza se tu riesci o no a vederti a vivere qui. Andare a vivere insieme è il prossimo passo, no?"

"Sì, lo è..." dico io, ma lei continua a non guardarmi.

"Emma," le dico afferrandola gentilmente per il polso. Lei mi guarda. Sembra combattuta. "Sono pazzo se penso che, prima o poi, vorremo farlo insieme, quel prossimo passo?"

I suoi occhi mi guardano, ma quasi senza vedermi. Quando parla, la sua voce è leggermente strozzata. "No, per niente. È solo che... penso di essere felice che tu provi le stesse cose che provo io."

La avvolgo tra le mie braccia e la stringo a me. "Ma certo. Sarò anche cocciuto, ma mi sembra che... mi sembra che da quando abbiamo superato la rottura... non lo so, è che pensavo che..."

Lei preme il proprio viso contro il mio petto e annuisce. "Ti capisco. Penso. Pensi che continueremo a stare insieme, ora che abbiamo risolto il problema più grande."

"Esattamente. Esattamente." Non sarei stato in grado di dirlo da solo, ma lei sa cosa volevo dirle. E siccome non sono nemmeno in grado di esprimerle a parole tutta la mia gratitudine, la stringo con più forza.

Restiamo lì abbracciati per un po', la sua faccia premuta contro di me, le mie braccia attorno alle sue spalle. Dopo un po' Ally fa capolino dalla porta sul retro.

"Va tutto bene, ragazzi? Volete vedere altre case?" ci chiede.

Mi scosto e guardo Emma. Lei sorride.

"Penso che siamo pronti a vedere un'altra casa. Giusto?" le chiedo.

Senza esitare e senza smettere di guardarmi negli occhi, dice: "Più che pronti."

"Ottimo! Ho un'altra casa che forse farà più al caso vostro," dice Ally. "Ha un fascino decisamente migliore di questa, poco ma sicuro."

Prendo Emma per mano e la conduco attraverso la casa e fuori dalla porta principale. Lei è tutta un sorriso quando entriamo nella macchina di Ally e guidiamo fino alla prossima casa.

Guidiamo fino a ritrovarci a soltanto pochi isolati da Redemption Beach. Guardo i cortili sabbiosi dei piccoli bungalow con la staccionata bianca che sfrecciano fuori dalla macchina. Quando arriviamo e parcheggiamo, mi prendo qualche secondo per ammirare la casa.

È un piccolo cottage dipinto di un giallo acceso, con un giardino di sabbia ben tenuto e una staccionata bianca praticamente perfetta.

"Non è meravigliosa?" dice Ally guardandomi. "È degli anni '30, e gli interni sono tutti originali. È, ovviamente, si trova su questa bellissima strada."

"Io... è bellissima," dico io scendendo dalla macchina. "È proprio questo quello che mi immagino quando mi immagino una casa che potrei comprare."

"Aspetta di vedere dentro!" dice Ally. "Da fuori è bella come una cartolina, ma dentro è veramente spaziosa."

Emma mi dà la mano e mi stringe le dita. Seguiamo Ally attraverso la staccionata, sul cortile.

"E vi piacerà anche il giardino sul retro," dice Ally aprendo la porta. "È grande, ed è ben tenuto. E ci sono un paio di grossi alberi che fanno proprio una bell'ombra."

Entriamo in un soggiorno illuminato dal sole. Il posto è vuoto, ma non è difficile immaginarselo completamente arredato. Un divano contro il muro, mensole ai due lati della finestra. Sono sicuro di avere un aspetto da imbecille mentre me ne sto lì con la bocca aperta e la mente che va a briglia a sciolta.

"Wow," dico. È l'unica cosa che mi viene in mente. Guardo Emma: sta sorridendo.

"Questa casa... è veramente carina," dice lei lasciandomi andare la mano per continuare a camminare.

Io le vado dietro ed entriamo in una cucina completamente bianca. Le camere da letto e i bagni si trovano a sinistra della cucina e del soggiorno. I soffitti non sono altissimi, forse solo una trentina di centimetri più alti di me in alcuni punti, ma ho deciso che non mi importa.

Emma apre la porta che conduce sul giardino sul retro. Si gira per guardarmi con un'espressione piena di gioia. "È perfetto."

E lo è. Da un lato c'è un'area con un punto fuoco nel mezzo, e dall'altro lato c'è uno ampio spazio aperto. Come promesso, ci sono due grandi alberi che adombrano il giardino, i cui rami si estendono per diversi metri.

"Il posto perfetto per dare una festa, eh?" mormora Emma.

"O per installare un'altalena là in fondo," dico indicando un'area vuota. Emma e io ci scambiamo qualche occhiata, i suoi occhi si allargano leggermente.

"Pensi di sì?" mi chiede, arrossendo.

Guardo Ally. "Questa. Questa è perfetta."

"Jameson..." dice Emma. "È solo la seconda casa che vedi oggi. Sii ragionevole."

La guardo dritta negli occhi. "Quando vedo qualcosa che voglio, me la prendo. Quando decido una cosa, è quella. Non ha nemmeno senso stare a discuterne."

Emma arrossisce, cogliendo facilmente il mio doppio senso. "Ma dovresti comunque guardarti un po' in giro. Dormirci su qualche giorno."

Le metto le mani attorno alla vita e la stringo a me per darle un bacio sulle labbra. Un bacio lento, sensuale. Emma si contorce leggermente perché c'è anche Ally, ma io mi rifiuto di lasciarla andare. Quando poi mi stacco dalle sue labbra, è senza fiato.

La guardo negli occhi. "È deciso."

Lei mi guarda. "Ah, sì?"

Le do un altro bacio, poi mi giro verso Ally.

"Devo chiamare il mio contabile, ma è questa la casa che voglio."

Lei sembra sorpresa, ma compiaciuta. "Okay. È questa la casa! Evvai!"

Emma ed io la seguiamo di nuovo dentro. Mi sento immensamente soddisfatto.

20

Emma

Jameson si rotola nel mio letto nel cuore della notte, svegliandomi. "Ehi. Svegliati."

"Mhmm?" gli dico io, assonnata. Ho gli occhi chiusi, ma non sono completamente addormentata. Ha lasciato che mi addormentassi solo mezz'ora fa, ma ovviamente qui io sono l'unica ad aver riposato. "Che c'è?"

"Devo dirti una cosa, e ho bisogno che tu sia sveglia mentre te la dico." La sua voce è bassa, piena di urgenza.

Sollevo appena le palpebre e lo guardo. Ha un aspetto disordinato quanto appetitoso. Se solo non fossi così esausta... anzi, ora che ci penso, anche *lui* sembra stanco. "Va tutto bene?"

Mi sorride. Sembra nervoso. "Sì... è che... ti amo."

Le sue parole mi lasciano senza fiato. Lo fisso per un secondo, provando a capire se questa sia o no una fantasia creata dal mio cervello mezzo addormentato. J sembra turbato, ma giusto per un secondo.

"Hai intenzione di dire qualcosa?" mi chiede.

"Io... ne sei sicuro?" gli domando. Muoio dalla voglia di dirgli che lo amo, ma solo se lui ne è sicuro al cento per cento.

Si acciglia. "Se ne sono sicuro? Ma che razza di domanda è? Certo che sono sicuro."

Spalanco gli occhi e gli dico con voce rauca: "Nei sei sicuro al cento per cento?"

J mi avvolge le braccia attorno alla vita e mi stringe a sé. "Assolutamente, completamente, totalmente sicuro. Io ti amo, Emma. Penso di averti amato da più di quanto non voglia ammettere, persino a me stesso."

"Oh, mio Dio," sussurro. "Anche io ti amo. Io ti amo sin da quando sono diventata grande abbastanza per sapere cosa sia l'amore, credo."

Premo le mie labbra contro le sue. Sento le lacrime che mi colano lungo il viso. Il suo sapore ormai mi è familiare, un sapore che trovo confortante sopra a ogni altra cosa.

Mi fa rotolare e mi ritrovo a cavalcioni sopra di lui. Mentre piango lacrime di gioia, lui mi penetra, e io lo cavalco con tutta la passione che ho in corpo.

Bacia le mie lacrime mentre fa l'amore con me, usando la sua mano per massaggiarmi la clitoride. Veniamo insieme, gridando, resi audaci dalle parole che abbiamo appena imparato a dirci l'un l'altro.

Mentre io e Jameson giacciamo insieme, i nostri respiri ancora ansimanti, provo a dire questa nuova frase.

"Ti amo," gli sussurro.

Lui mi guarda. "E io amo te."

E così mi addormento, un sorriso felice stampato sul volto.

È solo una semplice cena con Gunnar, dico a me stessa, nervosa. Mentre Jameson mi conduce all'interno del ristorante, mi alliscio la gonna e provo a ricordarmi che devo restare calma.

Mi guardo in giro e vedo pareti dipinte con colori accesi e diversi divanetti di pelle. La cameriera si illumina quando vede Jameson e ci fa cenno di andare verso di lei. A quanto pare, Jameson e i suoi fratelli conoscono questo posto piuttosto bene.

"Ehi, voi due," dice Gunnar stravaccato su un divanetto. I suoi occhi si posano sulla mano di Jameson che mi tocca, e per un attimo si allargano, come sorpresi.

Jameson non fa una piega e va a sedersi di fronte a suo fratello. Io mi siedo di fianco a lui. Sento le guance che mi vanno a fuoco.

"Ehi, Gunnar," gli dico.

Gunnar ci guarda. "Quindi ora state insieme, eh?"

Jameson mi mette un braccio attorno alla vita. È visibilmente teso. "Sì. È un problema?"

"Con me? No, no." Gunnar sorride. "Mazel Tov."

Jameson si rilassa. "Okay allora."

Prendo il menu. "Sono buoni i margarita che fanno qui? Penso che uno farebbe bene a tutti quanti."

Jameson mi dà una strizzata in segno di apprezzamento. "Sono eccellenti."

La cameriera arriva e Jameson ordina una brocca di margarita con ghiaccio. Ordiniamo anche da mangiare, e io per scelgo delle fajita di pollo.

"Sembrano buone. Anche per me, ma con la bistecca," dice Jameson.

Gunnar sceglie un burrito con macinato e salsa mole. Quando la cameriera ritorna un attimo dopo con i nostri margarita, i due fratelli si dividono e conquistano il semplice compito di servire da bere, con Gunnar che sistema i bicchieri e Jameson che riempie ogni bicchiere con quel liquido giallastro.

"Grazie," dico a Gunnar quando mi passa un bicchiere.

Mi rilasso e sorseggio il mio drink. Il margarita è tanto

dolce quanto aspro. Faccio una piccola smorfia. Ha anche un forte sapore di tequila.

Gunnar ne beve un sorso e sospira, visibilmente soddisfatto. Ci guarda, prima me e poi Jameson, come se stesse cercando di capire qualcosa.

"Che c'è?" gli chiedo.

"Niente," dice scuotendo il capo. Sembra esitante.

Guardo Jameson, che sta studiando il volto di suo fratello.

"Sputa il rospo. È chiaro che vuoi dire qualcosa." Jameson spinge il proprio bicchiere in giro sulla tovaglia.

Gunnar fa una smorfia e si sporge in avanti. Fa un gesto per indicarci entrambi. "Quant'è che voi due state... beh, lo sapete, facendo questa *cosa*?"

"Due mesi. Ormai sono quasi tre, penso," dice Jameson. La sua voce è piena di disprezzo, come si aspettasse che Gunnar vuole cominciare a litigare.

Sotto al tavolo, gli metto una mano sul ginocchio. Ci scambiamo un'occhiata, e io provo a dirgli silenziosamente di darsi una calmata.

"Asher lo sa?" ci chiede Gunnar. Quando non rispondiamo subito, lui scuote il capo. "Ma certo che no. Andrebbe fuori di testa, se lo sapesse. Non che voglia dire che sia ragionevole, ma..."

"Sei la prima persona a cui lo diciamo," lo interrompo io cercando di sopprimere il flusso di parole infuriate che sono più che certa Jameson vorrebbe sparare dalla bocca. "Tu sei come la nostra prima casa, quella da cui si parte, e Asher è come una villa enorme ed elegante. Sai, no?, a poco a poco."

Gunnar annuisce. Corruccia la fronte. Quando si imbroncia, assomiglia moltissimo a Jameson.

"Voi due vi assomigliate," dico di botto per cambiare argomento.

Al che i loro sguardi si posano su di me.

"Beh, siamo pur sempre fratelli," dice Jameson sorseggiando il proprio drink.

"Anche se io provo a negarlo," dice Gunnar. "È difficile far parte di un trio di cloni."

Decido di approfondire l'argomento. "Avete delle foto di famiglia? Voglio vedere a chi assomigliate."

Jameson si acciglia. "Assomigliamo a nostro padre. A parte per gli occhi... gli occhi di nostro padre erano blu. I nostri, di occhi, li abbiamo presi da nostra madre."

"E sì, Jameson ha delle foto," aggiunge Gunnar. "Ma non gli piace mostrarle in giro."

Guardo Jameson. "A me le faresti vedere, vero?"

"Se proprio vuoi." Jameson sembra estremamente a disagio.

Mi mordo il labbro. "Voglio sapere tutto di te. E quindi voglio sapere tutto sul tuo passato. Anche le parti spiacevoli."

Jameson sbuffa. "Va bene."

Sgrano gli occhi. "Sono seria! Voglio sapere tutto."

E proprio in questo momento la cameriera porta le nostre fajitas e il burrito di Gunnar. I piatti sono bollenti ed emanano un profumino paradisiaco. Contento dell'improvvisa interruzione, Jameson fa finta di interessarsi ai metodi di preparazione delle fajitas.

Guardo Gunnar negli occhi, che si limita a fare spallucce e a prendere una tortilla dal cestino al centro del tavolo.

"Da dove venite? Tipo, lo so che vivete qui da un sacco di tempo, ma dove vengono i vostri genitori? E i genitori dei vostri genitori?"

Jameson si infila una grossa tortilla piena di peperoni e manzo nella bocca, e quindi tocca a Gunnar rispondere alla mia domanda.

"Uhhh... penso che nostro padre fosse del Montana. Nostra madre... mah, chi lo sa." Fa spallucce.

Prendo una tortilla e ci penso su. "Aspetta... quindi non sapete nemmeno se avete altri parenti? Nessuno ha effettuato qualche ricerca per vedere se avete degli altri nonni o quantomeno dei cugini sparsi in giro per il mondo?"

J e Gunnar scuotono il capo. Sono sconcertata.

"E com'è possibile? Voglio dire, quando morì vostra nonna, non avete nemmeno controllato se c'era una zia o uno zio da qualche parte?" chiedo, sempre più frustrata.

"No," dice Jameson. Guarda il proprio piatto per evitare di guardarmi negli occhi.

"Ha ragione, però," dice Gunnar bevendo un po' di margarita. "Voglio dire, non che avremmo dovuto fare le cose in modo diverso. Lo so che non è stato facile per te, Jameson. Ma avremmo dovuto fare qualche veloce ricerca, cercare di trovare un cugino, che ne so."

Jameson non sembra convinto. "Non lo so. Forse."

"Potreste avere una schiera di parenti senza nemmeno saperlo," dico. "Già me la vedo, una stanza piena di uomini tali e quali a voi."

"Hmmmmph," è tutto quello che Jameson ha da dire a proposito.

Mi dedico al mio cibo lasciando che Gunnar e Jameson parlino dei bar che hanno aperto di recente nella zona. Ma non mi dimenticherò di questa faccenda...

Già ho in mente di rivolgermi a uno storico che può fare delle ricerche sul loro passato. Forse gli farò una sorpresa, e se scoprirò qualcosa di bello, lo dirò a Jameson nel giorno del suo compleanno, o qualcosa del genere.

La mia relazione con Jameson e il fatto che ancora non ne abbiamo parlato con Asher vengono completamente perduti nel tumulto della conversazione.

21

Jameson

"E se vengo punta di nuovo da una medusa?" mi dice Emma arricciando il naso.

Sto portando le tavole da surf mentre ci dirigiamo verso la spiaggia. Sono passate quasi tre settimane dall'ultima volta che ho provato a far surfare Emma. Lei ha provato ancora una volta a rimandarlo, ma questa volta non ho ceduto.

Ho bisogno di surfare, e così eccoci qui. Strizzo gli occhi verso di lei mentre camminiamo lungo la sabbia sotto la luce del primo mattino. Emma indossa un bikini blu scuro, in mano ha la sua muta. Con i suoi capelli scuri e il suo girovita stretto, penso che potrebbe benissimo essere un'attrice del cinema.

Ma questo non glielo dico. Non voglio che cominci a pensare al suo aspetto fisico. E così invece scelgo di alleviare le sue paure.

"Andrà tutto bene," le dico sollevando le tavole. "Oggi

andrai sul surf. E così anche io. E poi scoperemo come due conigli. Facile, no?"

Lei fa una smorfia, ma le mie parole sembrano riuscire a calmarla, almeno un po'. "Per quanto riguarda il surf poi vediamo. Tu sei molto più sicuro di te di quanto non sia io."

"Non si tratta di essere sicuri di sé, si tratta solo di conoscere i fatti." Troviamo un buon punto dove fermarci, giusto a pochi passi dalle onde che lambiscono la spiaggia. Metto giù le tavole sulla sabbia immacolata. "Io so che tu ti puoi mettere in piedi e surfare. Siamo venuti qui troppe volte perché puoi permettere che qualcuno possa intralciarti. Nemmeno una medusa."

Lei trema. "Speriamo. Mi piacerebbe veramente sapere cosa si prova a surfare, ma poco ma sicuro non mi serve un ripasso sulle punture di medusa."

"Bene, anche perché questa volta l'aceto l'ho lasciato in macchina." Le faccio l'occhiolino. "Andiamo, diamoci da fare prima che il sole sia alto nel cielo."

Prendo una delle tavole e gliela porgo. Lei la prende, ma resta indietro mentre io mi dirigo verso le onde oscure tenendo l'altra tavola sottobraccio. Riesco a percepire quanto lei voglia resistere, lo sento nei suoi passi pesanti e nella sua espressione imbronciata.

"Andiamo," le dico gentilmente. Sento l'acqua fredda del mattino che si spruzza contro le mie ginocchia. "Pensa a quanto sarà bello poter dire a tutti quanti che sai surfare."

Emma mi rivolge un'occhiata scettica, ma io accelero il passo addentrandomi ulteriormente nella marea gelata. Quando l'acqua mi arriva alla vita, mi giro e guardo Emma. A lei arriva quasi al petto. Strizzo gli occhi, chiedendomi come abbia fatto a dimenticarci della differenza di altezza tra me e lei.

Certo di valutare la distanza dalla riva. "Qui va bene per la tua prima volta."

Lei mi guarda, non convinta. "Uh huh..."

"Ricordati, non devi far altro che salire sulla tavola," le dico stringendo la mia tavola per un'estremità. "E poi prova a non cadere."

Emma afferra la propria tavola per un'estremità e si gira. "Come dev'essere un'onda? A cosa devo prestare attenzione?"

"Le onde adesso sono perfette. Praticamente qualsiasi onda abbastanza grande che riesci a cavalcare andrà bene."

Lei guarda il mare dinanzi a sé per un minuto, e poi indica un'onda che si sta dirigendo verso di noi. "Come quella lì?"

Lei annuisce distratta mentre cerca di salire sulla tavola. L'onda però si infrange e muore prima di raggiungerci, mentre Emma non ancora pronta.

"Cacchio," mormora.

"Va tutto bene. Ne arriva un'altra tra un minuto."

A cavalcioni sulla sua tavola, emette un sospiro frustrato. È una cosa carina, la sua mancanza di pazienza. Al di fuori della facoltà di legge, Emma non è abituata a fare nulla per cui debba lavorare sodo. Vederla che ci prova e fallisce... beh, mi ricorda che è umana.

"Eccone che ne arriva un'altra," le dico. Non mi prendo nemmeno il disturbo di salire sulla tavola. Questo è il suo momento.

L'onda arriva, ed Emma sembra profondamente concentrata. L'onda la solleva, la vedo che si dimena e poi che cade in acqua. L'onda le passa sopra la testa, e io faccio una smorfia.

Riemerge sputacchiando. Sembra un po' sconcertata. "Sono caduta!"

"Ho visto," le dico andandole incontro. La guardo alla ricerca di ferite. "Stai bene?"

"Sì... l'unica cosa ferita è il mio orgoglio," mi dice. "Voglio risalire e riprovare."

Sorrido. "Così si fa."

La seguo mentre lei va un po' più avanti e poi si posiziona a cavalcioni sulla tavola. Mentre la guardo, lei aspetta che un'onda si gonfi sotto di lei. Comincia a sospingerla verso la riva, e poi lei si alza in piedi sulla tavola da surf.

Io la guardo trattenendo il fiato. Mi sfreccia davanti e mi grida: "Ci sto riuscendo! Jameson, sto surfando!"

Guarda me invece di guardare l'acqua che ha davanti. Poi cade di lato. Io sto già nuotando verso di lei quando lei riemerge, i capelli bagnati appiccicati alla fronte.

Sebbene sia caduta, quando mi vede mi sorride.

"Ce l'ho fatta! Sono una frana col surf, ma almeno ci sono riuscita." Mi sorride. La stringo a me e la sollevo.

Lei mi avvolge le braccia attorno al collo e mi guarda.

"Pronta per un altro giro?" le chiedo.

"Sai una cosa? Penso che per oggi basti," mi dice facendo spallucce. "Preferirei sedermi, bermi qualcosa e guardare te mentre vai sul surf."

Ridacchio. "Ah sì, eh? Volevi solo essere sicura di poterlo fare?"

"Esattamente." Mi guarda. "Mi sento realizzata."

"Beh, va bene allora," le dico. "Ti spiace se io resto in acqua per un po'?"

"Certo che no." Mi lascia andare e fa un passo indietro. "Io sarò sulla spiaggia a fare un po' di yoga."

La guardo girarsi e dirigersi verso la spiaggia, i suoi fianchi che ondeggiano. Io scuoto il capo e mi addentro ulteriormente nell'oceano blu scuro.

22

Jameson

Più tardi, dopo che abbiamo scopato fino allo sfinimento, torno in camera con una grossa bottiglia di plastica. Emma è distesa sul suo stomaco, completamente nuda.

Non so cosa ciò dica su di me, ma vedere le flebili tracce delle mie manate sul suo culo mi eccita come poche altre cose. Gira la testa e mi segue con lo sguardo. L'ho fatta lavorare veramente sodo, e non ho nemmeno finito.

Provo a ignorare il cazzo che mi sta diventando duro e mi concentro su Emma.

"Bevi," le ordino poggiando la bottiglia d'acqua di fronte a lei sul letto.

Lei solleva le sopracciglia, ma poi rotola su un fianco e prende la bottiglia. La stappa e ne beve un quarto. Guardo un paio di gocce che fuggono dalle sue labbra rotolandole sul mento. Una le corre lungo la gola.

Deglutisco. Se la mia erezione era stata incerta fino ad ora, adesso la musica è cambiata. Lei sarà anche la mia ragazza, ma ciò non mi impedisce di scoparmela costantemente con gli occhi. La mia sete è reale, e non penso che questo fatto cambierà nell'immediato futuro.

Emma mette giù la bottiglia d'acqua e mi guarda. "Soddisfatto?"

"No. Tra la giornata in spiaggia e le ore passate qui, penso te ne serva molta di più. È impossibile che tu non sia disidratata."

"E tu no?" Si acciglia, ma fa un altro lungo sorso.

"Hai ragione," le dico sedendomi sul letto. "Passamela."

Mi dà la bottiglia e io ne bevo metà con un unico sorso. Emetto un suono soddisfatto e gliela ridò. Lei sospira, si mette a sedere e la prende. Le guardo le tette, e anche lì vedo le tracce delle mie dita, proprio attorno ai capezzoli.

Emma beve dalla bottiglia, senza commentare i miei sguardi tanto insistenti. Distolgo lo sguardo per un attimo, e mi immagino un giorno in cui forse lei non sarà più disposta a farsi scopare così, ancora e ancora. Accadrà in futuro, poco ma sicuro... e ora che ci penso, non è un futuro tanto lontano.

"Dove pensi che siamo diretti? Come coppia, intendo."

Pronuncio queste parole ancor prima di aver considerato questo pensiero. Emma si immobilizza per un secondo, la bocca piena d'acqua. Deglutisce lentamente.

"Uhmmm..." dice facendo una smorfia. "Intendi... in senso generico? Che cosa intendi?"

Bella domanda. Che cosa sto cercando, di preciso? Mi sento come una donna, con tutti questi sentimenti.

"Non lo so. Io... ti ho portata a vedere delle case, perché mi sembrava fosse la cosa giusta da fare. E abbiamo trovato una gran bella casa dove posso immaginarmi io e te che invecchiamo. Ma... cos'altro vuoi, nel tuo futuro?"

Emma annuisce lentamente. Ci pensa su. "Nel futuro? Penso... voglio dire, voglio un matrimonio. Voglio dei bambini.

Voglio fare l'avvocato. A parte quello, non ho pianificato niente di specifico."

"Mhmm," dico io, annuendo. "Ottima risposta."

"E tu? Tu hai vissuto più a lungo di me," mi dice per prendermi in giro. "Sono certa che tu abbia un piano già bello predisposto."

"Beh, sì. In un certo senso, l'opposto del tuo. Ho una carriera già programmata, ed è tutta la vita che sogno di avere una casa sulla spiaggia. Ma, almeno fino a un paio di mesi fa, non ero nemmeno sicuro che sarei finito con qualcuno." Faccio una breve pausa. "Prima mi dicevo, mi sposerò di nascosto, senza farlo sapere a nessuno."

Lei si mette a ridere. "Mi piace questa cosa."

Alzo gli occhi al cielo. Sento il volto che comincia a bruciarmi. "Sì, beh... ma tu hai rovinato tutto. Ora non faccio altro che chiedermi: è troppo presto per farle la proposta? Quando possiamo... sai, no?... fare figli? E stronzate di questo tipo."

La sua bocca perfettamente rosea forma un'espressione stupita. "Stai già pensando... voglio dire... non avevo capito che volessi restare insieme così a lungo. Pensavo che fossi io che ero sciocca."

Sento le orecchie che mi vanno a fuoco. Scuoto il capo. "No, no. O, quantomeno, se tu ti stai comportando da sciocca, allora anche io sono uno sciocco. Ma... tu lo sai che ti amo. E io non è che lo dico facilmente."

I suoi occhi brillano di lacrime non versate. "Lo so. Devi sapere che anche io ti amo. Tipo, ti amo alla follia."

Mi sporgo in avanti e le do un bacio sulle labbra. Una voce dentro la mia testa mi impone di afferrarle le tette, di palpare e schiaffeggiare il suo culo. Ma è una voce che devo imparare a zittire, di quando in quando.

Le mie labbra si curvano verso l'alto e interrompo il bacio. Lei mi guarda. Sta pensando quello che sto pensando io.

"Ti sei trattenuto, vedo," mi dice dandomi una pacca in segno di apprezzamento. "Sembra che tu faccia veramente sul serio con questa storia che devo bermi tutta quest'acqua."

"È importante essere ben idratati," le dico facendo spallucce. "Domani andrò in negozio a fare rifornimento di Gatorade e acqua di cocco."

"Come sei premuroso." Beve un altro po' d'acqua.

Cade il silenzio, il che ci mette stranamente a disagio. Mi distendo poggiando la testa sulle sue gambe, e lei me lo lascia fare. Guardo il suo viso, pensando a quanto sono fortunato che i suoi occhi e la sua bocca siano così espressivi. Riesco a capire che sta pensando a qualcosa, perché mi guarda, come se non fosse sicura di potermela dire.

"Cosa?" le chiedo. L'ho colta ovviamente alla sprovvista, e allora lei arrossisce.

"Uhm." Rimette il tappo alla bottiglia e la mette da parte. Si sporge leggermente all'indietro e mi passa le dita tra i capelli. "Ti ricordi di quando mi hai lasciata?"

Faccio una smorfia. "Sì, certo. Un vero idiota."

"Io ero veramente arrabbiata," mi dice distogliendo lo sguardo.

"Sì, me lo ricordo. Mi dispiace per averti fatta soffrire." Le prendo la mano e intreccio le mie dita alle sue. Mi sento in colpa guardando le sue dita, così piccole e delicate rispetto alle mie.

"Pensavo..." Fa una pausa, incespicando. Quando poi continua a parlare, pronuncia le parole tutte di un fiato. "Pensavo di essere incinta. E pensavo che tu mi avevi lasciata. E io, allora... sono andata nel panico."

Le mie dita si immobilizzano. Mi sento allarmato, più di quanto non dovrei. "Aspetta, pensavo prendessi la pillola."

"Ho la spirale," mi corregge lei. "Ma ho pensato... giusto per un minuto, che in grembo avessi il tuo bambino."

"Ah, sì?" le chiedo, perché è l'unica cosa che mi viene in mente. Ho la bocca improvvisamente secca.

"Non lo so. Non so perché te lo sto dicendo, ad essere onesta. Ma penso che mi sia sentita... sollevata, ma anche triste, allo stesso tempo," ammette.

Le stringo la mano. "Avrei fatto la cosa giusta, lo sai questo."

"Sì, ma... sono felice che le cose non siano andate in quel modo. Penso che mi sarei sempre ritrovata con una vocina in testa che si chiedeva se tu saresti tornato da me o no con la gravidanza. Così, ora lo so."

Stappa la bottiglia d'acqua e la beve quasi tutta. Io gliela tolgo dalle mani, la finisco e mi metto in piedi.

"Sono contento che le cose siano andate come sono andate. E non penso che ciò mi impedirà di godermi questo tuo corpo magnifico." Mi sporgo in avanti per un bacio. Non doveva dirmelo... ma si è sentita abbastanza a suo agio da confidarmelo. Non voglio scoraggiarla, no. Mi ritraggo, gli occhi che mi brillano. "Penso che ce ne servirà un'altra, per continuare."

Lei inarca un sopracciglio. "Perché, dobbiamo continuare?"

"Oh, cazzo, sì che dobbiamo continuare," le dico. "Se lascia fare a me, continueremo con questo andazzo anche ad ottant'anni."

Lei mi rivolge un ampio sorriso. Le ricambio il sorriso e vado a riempire nuovamente la bottiglia.

23

Emma

Guardo l'ora, sospiro. Sono in piedi nella mia cucina, sto preparando del tè e sto parlando con mia madre in vivavoce. Mia madre sta sbraitando sul fatto che nessuno nel suo club del libro si prenda la briga di leggerli, i libri che scelgono.

Ma io quasi non la sto a sentire. La mia testa è con Jameson, su dove si trova adesso. In questo momento, è probabilmente seduto in una classe dall'aspetto sterile per sostenere l'esame G.E.D. Negli ultimi giorni è stato particolarmente stressato al riguardo, anche se non me l'ha detto.

Lo so che è intelligente e capace, ma ho bisogno che lo passi, quell'esame, così che se ne accorga anche lui. Smuovo la bustina di tè nella tazza e sospiro di nuovo.

"Emmaline, ma mi stai a sentire?" mi rimprovera mia madre. La sua voce attraverso gli speaker sembra di latta.

Drizzo la schiena. "Uh, certo. Certo."

"Ti ho appena chiesto se vieni o no alla festa per il Labor Day che tuo padre ed io organizziamo ogni anno. Penso che ci saranno un sacco di ragazzi papabili..."

Mi schiarisco la gola. "Ne abbiamo già parlato. Non ti è più permesso organizzarmi degli appuntamenti con i figli delle tue amiche. Non dopo quello che è successo l'ultima volta."

Sbuffa. "Rich è un caso isolato. Te lo prometto, ci saranno un sacco di altri bravi ragazzi."

"Al momento sto uscendo già con qualcuno, come ti ho già detto più e più volte." Lascio che nella mia voce si percepisca una nota di frustrazione.

"Tesoro mio, voglio solo vederti insieme alla persona che alla fine forse finirai con lo sposare. Sono sicura che chiunque sia l'uomo che tu stai frequentando sia un tipo a posto, ma suppongo che abbia delle notevoli mancanze in quanto a status e background. E queste sono cose estremamente importanti, a mano a mano che si invecchia."

Alzo gli occhi al cielo. "Tu non sai niente di lui. Non sai nemmeno cosa mi *piace*."

"Emmaline," dice mia madre sospirando. "Se quest'uomo fosse veramente così meraviglioso, me lo avresti già fatto conoscere. Poco ma sicuro."

Le sue parole mi sconcertano. È la verità? Le sto nascondendo Jameson intenzionalmente?

"È solo che... non sono ancora pronto a far sì che *tu* entri a far parte della *sua* vita. Lo sappiamo come sei."

La voce di mia madre si fa brusca. "Oh, ti prego. L'unica cosa che ti preoccupa è che questo tuo nuovo spasimante non soddisfi i miei standard. Pensi di poter vivere nella tua piccola bolla di felicità, senza interagire con le persone veramente importanti della tua vita."

"Cosa? Mi dispiace, ma proprio non riesco a capire di cosa parli."

"Quello che sto dicendo è il fatto che tuo padre e io non

parliamo più con tuo fratello forse ti ha spinta a credere che tu potrai vivere la tua vita a modo tuo, senza nessuna ripercussione. Ma lo sappiamo entrambe che quando poi si arriva alle questioni che contano veramente – e quindi ai soldi – è solo a noi che puoi rivolgerti. Non ti ho cresciuta come una scema, Emmaline."

Le sue parole mi atterriscono. Sono felice che stiamo parlando al telefono e lei non sia qui di persona, perché altrimenti l'avrei fulminata con lo sguardo.

"Ora devo andare," le dico, provando a non far trapelare la mia rabbia. "È sempre piacevole parlare con te, madre."

"Emmaline..."

Chiudo la chiamata. Mi tremano le mani. Non riesco a crederci, veramente non ci riesco. Non mi sono mai veramente fermata a pensare a quanto ancora dipendo dai soldi della mia famiglia, ma mia madre è stata più che chiara: non esiterà a far leva sul denaro per incatenarmi a loro.

Mia madre sembra presupporre che io mi piegherò automaticamente al suo volere non appena lei fa fischiare la frusta, anche se ciò volesse dire uscire con qualcuno che lei approva.

E io che cosa diamine dovrei fare? Devo fare qualcosa, e alla svelta, per farle capire che io non mi piegherò... ma non so cosa potrei fare, di preciso.

Il mio telefono vibra. Controllo e trovo un messaggio da parte di Jameson.

Fatto. Sto arrivando.

Tremo ed espiro. Getto il tè ormai freddo nel lavandino e vado a prepararmi. Dopotutto, Jameson sta venendo a casa, e io voglio celebrare con lui. Probabilmente gli ci vorrà un po' di tempo prima di sapere i risultati, ma oggi era un giorno molto importante per lui.

Mi infilo un prendisole di cotone bianco, sapendo già che tanto non mi resterà addosso per molto a lungo. Ho mille pensieri che mi girano per la testa, ma per ora devo metterli da parte. Ora devo solo concentrarmi sul mio fidanzato, devo dargli il mio supporto.

Quando sento la porta che si apre, faccio capolino dalla mia stanza. Jameson sorride soddisfatto. Io lancio un gridolino e lui mi solleva per baciarmi e farmi fare una giravolta. Il suo bacio è lento e dolce e appassionato.

Quando mi ritraggo, lo guardo con un sorriso. "Sei contento che il G.E.D. sia finito?"

Lui mi bacia di nuovo e annuisce. "Una delle tante cose che mi rendono contento."

Ridacchio e lui mi porta in camera, gettandosi con me sul letto, coccolandomi tra le sue braccia. "C'è qualcos'altro da celebrare?"

Jameson mi dà un bacio sulla spalla, e poi si sposta dirigendosi verso la mia scollatura. Allo stesso tempo, sposta il peso del corpo sul letto e mi infila la mano nell'interno coscia. "Sì. Due cose. Beh... tre."

"E cosa sono queste tre cose, di preciso?"

Mi mordo il labbro mentre la sua mano continua ad esplorare il mio corpo e a giocherellare con l'orlo delle mie mutandine. Tira la testa indietro e mi guarda.

"Uno, che hai indosso questo vestito. Come potrei non essere contento di ciò?"

"Sì, va beh, e poi?" gli chiedo sorridendo.

"Beh..." mi dice scostandomi i capelli dal collo per darmi un casto bacio. Sento la sua barba ispida che si strofina contro la mia pelle, con leggerezza, ma facendomi fremere. "Ieri mattina ho fatto un'offerta per la casa... e oggi mi hanno fatto sapere."

Mi metto a sedere di scatto. "Aspetta, hai fatto un'offerta? E che hanno detto?"

Il suo volto viene attraversato da un sorriso. "Hanno detto di sì. Hai davanti a te il proprietario di quella casa."

Gli getto le braccia al collo, e lo stringo a me, e sorrido con una tale forza che mi fanno male le guance. "O mio Dio! Ma è una notizia meravigliosa!"

"Sì... abbiamo io trenta giorni standard per chiudere l'affare, e poi mi daranno le chiavi. Sono veramente entusiasta."

"Uh, sì," dico io tirandomi indietro. "Diventerai il proprietario di una casa! Congratulazioni!"

Mi sorride. "Grazie. Sostenere il G.E.D., comprare una casa... è proprio questa la direzione che voglio prenda la mia vita."

"Sono così fiera di te." Sono raggiante. "Veramente, veramente fiera di te. Così potrò presentarti alle persone come mio fidanzato E proprietario di una casa. 'Scusate, avete già conosciuto il mio fidanzato che ha una casa tutta sua? È un tipo fantastico'."

"Solo se io posso chiamare te 'la mia fidanzata avvocato'. Sai, no?, per pareggiare." Jameson mi infila un dito nella bretella del vestito e la tira verso il basso.

"Mhmm," mormoro io. "Aspetta. Non c'è una terza cosa da celebrare? Qualunque sia, non vedo l'ora di saperlo."

Mi rivolge un'occhiata maliziosa. "Dovrai aspettare un po'. Ma ti prometto che ne varrà la pena."

Lo sguardo che ha negli occhi è più che promettente. Arrossisco, il che mi sembra estremamente ridicolo, dopo tutte le cose che abbiamo passato insieme.

"Ne sei sicuro?" gli chiedo intrecciando le mie dita alle sue. "Voglio dire, non deve aspettare per me, è questo quello che voglio dire."

Lui sorride. "Te lo prometto, ne varrà la penna quando te lo dirò alla fine."

Prima che io possa dire un'altra parola, mi strappa le mutandine di dosso e reclama la mia bocca con un bacio.

24

Emma

Mi abbandono al suo bacio ancor prima di essere sicura di cosa stia succedendo. La sua mano mi stringe il mento, controllando i movimenti della mia testa. Con la testa sollevata verso di lui, le sue labbra sono sulle mie. Non riesco a sentire altro sapore se non il suo, pulito e mascolino e puro.

Quando la sua lingua si infila tra le mie labbra, lascio andare un gemito e gli vado incontro. Inarco la schiena, il petto premuto contro il suo. Lui esplora la carne setosa sul mio fianco, e la sua mano si muove lentamente, sempre più lentamente, verso il basso. Trascina ogni momento, una tortura deliziosa.

Gli sfilo il giubbino dalle spalle senza risparmiarmi mentre lui mi stringe le cosce e me le fa poggiare sulle sue ginocchia, lasciandomi esposta. La sua mano viaggia verso il centro del mio corpo, palpandomi e strizzandomi la coscia nel tragitto.

Quando le sue dita mi sfiorano in mezzo alle gambe, sono già bagnata.

"Questa?" mi dice con voce bassa, grave. Con un tocco leggerissimo sfiora la mia fessura. "Questa è mia."

Non posso far altro che sussultare e annuire.

Lui sorride e mi strizza il culo e mi fa sistemare sopra le sue ginocchia. Mentre lo cavalco, riesco a sentire il suo cazzo in mezzo alle gambe, intrappolato sotto i jeans. Sono già bagnata, ma non posso fare a meno di strusciarmi contro di lui. Sono pronta. Voglio che lui finisca di strapparci i vestiti di dosso e che mi scopi qui e subito.

Ma con Jameson non è mai così facile né così veloce. Gli piace andarci piano, stuzzicarmi e torturarmi.

La sua bocca si sposta dalle mie labbra alla mia mascella, viaggiando poi verso il mio collo. Il cotone leggero del cotone del mio vestito lo ferma, e allora lui ruggisce. Con una mano – l'altra ancora saldamente sul mio sedere – tira giù le bretelle, denudandomi fino alla vita. Il vestito mi cade attorno ai fianchi, denudandomi i seni.

Una parte si sente improvvisamente timida, anche se questa di certo non è la nostra prima volta. Jameson sorride notando la mia timidezza. "Lo sai che probabilmente sei la ragazza più bella che abbia mai visto in vita mia?"

La sua mano si insinua tra le pieghe del vestito, aggrappato debolmente attorno alla mia vita. Mi fa sollevare così che i miei capezzoli siano allineati alla sua bocca. Sento le sue dita che mi affondano nelle natiche, pericolosamente vicine alla mia fica, mentre il calore della sua bocca prima consuma un capezzolo, e poi l'altro.

Gemo sentendo il capezzolo che si fa turgido contro la sua lingua. Muoio dalla voglia di abbassarmi, di poter strofinarmi di nuovo contro il suo cazzo, ma lui mi tiene ferma a diversi centimetri dalle sue ginocchia.

Fremo, e le mani che mi stringono il culo si spostano avvicinandosi alla mia fica. E poi le sue dita, con estrema lentezza, mi aprono, mi allargano. Mi sento così vuota...

"Cazzo, sei bagnata," mi dice mentre mi succhia i capezzoli.

"Smettila di stuzzicarmi," dico io, frustrata.

"È questo quello che vuoi?" mi chiede mentre mi fa riabbassare.

Invece di lasciarmi andare del tutto, mi infila un dito nella fica e mi preme il pollice contro la clitoride. Io tremo sorpresa – e tremo godendo nell'avere una parte di lui dentro di me.

Non riesco nemmeno a rispondergli, ma comincio a muovermi con passione contro la sua mano. Le sue mani sono agili, e cominciano a stimolarmi il punto G e a massaggiarmi la clitoride, e in un secondo sono già a metà strada dall'orgasmo. Ma niente di più.

Lo bacio con fervore, gli occhi chiusi con forza. Non voglio altro che venire.

"Rallenta," mi dice. "Goditi la cavalcata, principessa."

Una parte di pensa che forse lui si fermerò. Forse è tutto un gioco per lui, un modo per asserire il suo potere su di me. Cavalco la sua mano presa dall'impeto, sollevo la testa e offro di nuovo i miei seni alle sue labbra. Lui mi dà un'unica sculacciata. Forte.

"Ho detto rallenta," mi dice ringhiando.

Lo schiaffo mi sorprende, ma anche mentre il dolore si affievolisce e sento il culo che mi si fa rosso, riesco a sentire che mi sto bagnando di nuovo in mezzo alle cosce. Ho la fica in fiamme, e ho bisogno di lui come non mai.

Tira fuori il dito dalla mia fica e mi fa distendere sulla schiena. La freddezza del letto è uno shock per la mia pelle. Si inginocchia e mi fa spalancare le cosce.

"Sei un vero splendore," mi dice. "E io ho intenzioni di scoparti fino a farti svenire."

Sorrido e lascio che la mia testa cada all'indietro e lui comincia a riempirmi le cosce di baci. Quando raggiunge il mio monte di Venere, lo riempie di baci, facendo passare la lingua sulla mia pelle bagnata di sudore. Va vicinissimo ad assaporarmi, ad assaporare la mia fica, ma poi subito si ritrae.

Io scuoto il capo, pronta a eruttare.

"Cazzo! Jameson, su!" grido sbattendo i pugni contro il letto.

"Che cosa vuoi?" mi chiede, sorridendo.

"Jameson, *ti prego*," gli dico inarcando la schiena il più possibile.

"Dovrai dirmelo," mi dice per stuzzicarmi.

Mi mordo il labbro e lui soffia leggermente sulla mia clitoride.

"Voglio che... voglio che mi lecchi la fica," gli dico arrossendo.

"Brava ragazza." Sorride e poi si abbassa verso la mia carne.

La sua lingua corre sulla mia clitoride, lenta e decisa, prima di tuffarsi tra le profondità delle mie pieghe. Grido e gli affondo le dita nei capelli per stringerlo contro di me.

"Oddio. Oh, Jameson!" La sua lingua comincia a muoversi sempre più velocemente, e io non riesco a smettere di gridare il suo nome. Quando poi torna a penetrarmi di nuovo con un dito, mi tocco i seni e mi strizzo i capezzoli.

Non voglio venire, non così. Non senza avergli fatto assaggiare la sua stessa medicina.

"Voglio sentire il tuo sapore," gli dico, senza fiato. Lui tira fuori il dito e mi dà un altro bacetto sulla clitoride.

"E tu? Non vuoi venire?" mi chiede mentre si cala i pantaloni e io finisco di togliermi il vestito.

"Voglio che tu goda prima... e poi voglio che veniamo insieme," gli dico.

Quando si cala la zip dei pantaloni e mi mostra il suo cazzo, mi mordo il labbro. Lo so che l'ho già visto, ma il suo cazzo è così perfetto, così tozzo e lungo, così roseo... continuo a sentirmi vuota, sento la fica che mi pulsa, senza la minima intenzione di smettere.

Allungo una mano, ma lui mi ferma.

"Che ne dici di un po' di dolce, prima?" mi chiede tirando fuori un barattolo di panna montata che era nascosto sul pavimento.

"Sssssì," dico io, sempre più eccitata.

Mi spalma la panna sui seni – e se la spalma anche sul pene. Si posiziona a cavalcioni sopra al mio petto e mi stringe le mani.

"Stringe le tette," mi incoraggia. "Sono così belle, lo sai, sì?"

Arrossisco e premo i miei seni per farli avvicinare. Non appena lo faccio, lui vi infila il cazzo in mezzo, e la punta mi arriva in bocca. Lo lecco e lo succhio come una creatura che sta morendo di fame. Il calore della sua asta dura tra i miei seni e la dolcezza della panna che si mischia al suo sapore è inebriante.

Mi tiene una mano sulla testa e mi accarezza la guancia mentre mi osserva prenderlo sempre più a fondo nella bocca. Si solleva, mi fa allontanare le mani dai seni e si sporge in avanti per baciarmi. Mi lecca i capezzoli e le labbra per ripulirli dalla panna.

"Ogni parte di te ha un sapore così buono," mi sussurra. Voglio dirgli lo stesso, ma mi fa male la mascella e ho le labbra addormentate per aver succhiato quel paio di centimetri che mi ha concesso.

Si alza e si stiracchia.

Sorrido. "Che fai?"

"Voglio scoparti come si deve," mi dice. "Devo essere flessibile, sai?"

Il suo sorriso è contagioso. Gli sorrido di rimando e gli faccio cenno di avvicinarsi. "Vieni qui."

Jameson si arrampica sul letto e si posiziona sopra di me.

Quando mi penetra, mi rendo conto di avercela strettissima.

È una sensazione meravigliosa. Sento ogni singolo centimetro della sua asta dura, lunga e orgogliosa che mi penetra.

"Va tutto bene?" mi chiede.

"Sì, sì," gli dico ansimando. "Ti prego... voglio che mi scopi. *Ti prego*, Jameson."

Mi affonda il viso nel collo e inspira. Si prende il suo tempo, facendo dentro e fuori dalla mia fica con un tale lentezza...

Quando mi stuzzica, lasciando dentro di me a malapena la punta, io mi agito e gli ordino di penetrarmi fino in fondo. Ogni volta che scivola contro il mio punto G, io gli graffio la schiena e grido il suo nome.

"Jameson, sì! Oh, ti prego, non ti fermare."

Sono così bagnata... è quasi incredibile. Lui mi bacia, rallentando sebbene gli abbia detto di non farlo.

"Non così veloce. Voglio andarci piano. Mettiti sopra di me," mi dice. "Voglio guardarti."

Mi mordo il labbro e ci scambiamo di posizione. Lui si distende sulla schiena e mi guarda mentre lo cavalo. Ho i capelli sciolti che mi cadono selvaggi sui seni. Lui allunga le mani, me li scosta, e mi pizzica i capezzoli. Io abbasso lo sguardo e gli stringo il cazzo tra le dita e lo dirigo verso la mia vagina.

Lui mi poggia le mani sui fianchi.

"Lentamente," mi dice. "Ricordati di quello che ti ho detto."

Mi lascio cadere su di lui, con tutto il peso, ma lui mi tiene sollevata. Arrossisco di nuovo. Sembra che voglia vedermi mentre prendo il suo cazzo nella fica.

"Ti prego," gli sussurro quando mi ha penetrata per metà. Mi spinge verso il basso, con forza. Getto la testa all'indietro e grido.

Gli affondo le unghie nel pezzo e lui mi stringe il culo mentre lo cavalco. È perfetto, noi due che ci muoviamo come una sola entità, i nostri respiri ansimanti. I miei seni che rimbalzano selvaggiamente. Ogni centimetro della sua pelle è come seta sotto la punta delle mie dita. Sono così bagnata che i miei umori stanno colando in mezzo alle sue cosce.

Chiudo gli occhi con forza e mi muovo su di lui.

"Guardami," mi dice.

Apro gli occhi. Capisce che sono a un passo dal venire.

"Ti amo. Cazzo, quanto ti amo," mi dice, i suoi occhi scuri puntati su di me.

"Anche io ti amo," gli sussurro ansimando.

Si tira su e io gli avvolgo le gambe attorno alla schiena. Ora il suo controllo è completo – e i miei capezzoli si trovano nuovamente allineati alla sua faccia.

Mi fa alzare e abbassare sul suo cazzo, mentre mi ricopre il petto con dei segni che so che tra qualche giorno si scuriranno diventando dei succhiotti. Gli graffio la schiena con le unghie, marchiandolo a modo mio.

Le mie gambe sono avvinghiate attorno a lui, e le sue cosce sono bagnate dai miei umori.

"Io..." dico con un sussulto. "Sto per venire..."

Jameson sente il mio orgasmo che comincia a investirmi, la mia fica calda che si contrae attorno a lui. E ciò basta a spingerlo oltre il limite, a farlo venire con me. Esplode dentro di me e io caccio un grido.

"Cazzo! Emma, cazzo!" mi sussurra.

Tremo contro il suo corpo e lo cavalco fino a quando l'orgasmo non si affievolisce e scompare. Mi dà baci gentili sul collo, risalendo pian piano fino a raggiungere le mie labbra.

Jameson giace di fianco a me, stringendomi a sé mentre cerco di riprendere fiato. Anche lui sta ansimando, ma lo stesso mi bacia il collo, la spalla, la curva del mio seno. Ogni bacio è un marchio rovente che fa fremere il mio corpo esausto.

Vorrei implorarlo di fermarsi, ma voglio anche possederlo di nuovo, ora, subito. C'è qualcosa in lui che mi rende insaziabile. Lui mi guarda, e poi mi dà un bacio sulle labbra.

"Cazzo," dice a bassa voce guardandomi negli occhi.

Non posso fare a meno di ridere. "Cosa?"

"Solo che... volevo farlo dopo, dopo averlo chiesto a tuo padre..." Si mette a sedere e cerca qualcosa sul pavimento. "Ma non ce la faccio più ad aspettare. Non con te."

Mi tiro su su un gomito e inclino la testa da un lato. "Ma che stai dicendo?"

Jameson si infila i boxer e continua con la sua ricerca, sebbene io non abbia veramente la più pallida idea di cosa stia cercando. Alla fine trova i suoi pantaloni e tira qualcosa fuori dalla tasca.

Poi si gira verso di me e mi dice: "È meglio se ti siedi."

Mi metto a sedere e mi metto un cuscino in grembo. "Scusa, ma per cosa?"

Poi Jameson si mette in ginocchio. Sul viso un'espressione solenne. Sono completamente concentrata su di lui per un secondo, fino a quando non tira fuori una piccola scatoletta ricoperta di velluto nero. Mi copro la bocca con una mano e lo guardo.

Apre la scatoletta con uno scatto. Dentro c'è un anello di diamanti che brilla. Non credo ai miei occhi.

"Cosa?" gli sussurro. "Oh, Jameson..."

Mi zittisce. "Shh, fammelo fare come si deve. Emma Alderisi, tu sai da anni qualcosa che io ho capito solo di recente. Noi siamo fatti l'uno per l'altra. Lo so io e lo sa la mia anima. Sei intelligente, e gentile, e mi supporti sempre. Ti andrebbe di prendere anche il mio cognome?"

Sono senza parole, la bocca che penzola aperta. Jameson mi sorride, quel sorriso che rivela le sue fossette e mi porge delle domande.

"Emma, mi vuoi sposare?"

Sento gli occhi che mi si riempiono di lacrime. Annuisco facendomi aria. "Sì. Oh mio Dio, sì."

Jameson tira l'anello fuori dalla scatola e mi fa cenno di porgergli la mano. E lo faccio, mentre le lacrime cominciano a rotolarmi lungo il viso. Lui, tutto un sorriso, mi infila l'anello al dito.

Scendo dal letto con un balzo e mi getto tra le sue braccia, facendolo cadere per terra. Lui si abbandona a una risata fragorosa, un suono pieno di gioia, di felicità. E poi non può far altro che sorridermi mentre io gli ricopro la faccia di baci.

"Ti amo," gli dico senza smettere di baciarlo.

Lui prova a rispondere qualcosa, probabilmente *Anche io ti amo*. Ma io non lo sto a sentire, nemmeno un pochino. Quest'uomo, quest'uomo meraviglioso che ha appena reso completo il mio mondo, ha un'infinità di altri baci che lo aspettano.

E sono io la ragazza fortunata che glieli darà.

25

Emma

Sospiro e mi giro per guardare Jameson. È tardissimo, o forse prestissimo. Il lampione in strada getta un bagliore arancione sul suo viso, reso a strisce dalle tapparelle abbassate che coprono la finestra.

Quando mi giro, la luce si riflette sul mio anello di fidanzamento, gettando un arcobaleno sulle lenzuola e il materasso. Non mi sono ancora abituata all'idea di essere diventata sua, o di avere il suo anello al dito.

Guardo l'anello con una smorfia. Non che nessuno potrebbe mai costringermi a levarmelo... ma non posso fare a meno di chiedermi cosa dirà Asher. O i miei genitori.

O chiunque altro. Voglio dire, non ho provato a non dirlo a nessuno. È solo che, negli ultimi due giorni, lasciare la sua camera da letto è stata veramente un'impresa. Ogni volta che mi alzo dal letto, Jameson mi riporta tra le lenzuola con straordinaria efficacia.

Arrossisco ripensando a tutte le ore torride e sudate passate a fare l'amore. Ed è Jameson – realisticamente, il sesso potrebbe essere ok e io sarei comunque entusiasta all'idea che lui ha scelto me. Il fatto che mi abbia messo l'anello al dito è semplicemente...

Mi mancano le parole per spiegare a tutti gli altri quanto cazzo mi sento euforica. Se aveste chiesto alla me tredicenne come pensava che sarebbero andate a finire le cose tra me e Jameson, non penso che sarebbe riuscita a descrivere uno scenario del genere. Ecco quanto la cosa mi meraviglia e mi delizia.

Ma sono pur sempre preoccupata. Preoccupata di come reagirà Asher, che farà molto di più che mettersi semplicemente ad urlare. Preoccupata che, in qualche modo, i miei genitori riusciranno a spaventare Jameson fino a costringerlo ad allontanarsi da me.

Sospiro di nuovo, e Jameson spalanca un occhio. "Questi sospiri passivi-aggressivi sono rivolti a me, o c'è qualcosa che ti preoccupa?"

Arrossisco. "Ooooh, scusa! No, niente passiva-aggressiva. Non mi ero resa conto che potessi sentirmi."

Apre gli occhi un altro po' e si mette a sedere. "A cosa pensi, o mia futura moglie?"

"Non ti piacerebbe."

"Sono già sveglio alle quattro di notte. È ovvio che c'è qualcosa che ti turba e ti impedisce di dormire in santa pace anche dopo ore e ore passate a fare l'amore. Quindi che ne dici se me ne parli?"

Guardo il letto, disegno un otto con il dito sulle lenzuola. "Io, uhm... sono piuttosto preoccupata per come reagirà Asher quando ci scoprirà. Voglio dire... non voglio che niente si frapponga tra noi, capisci cosa intendo?"

Corruccia la fronte. "Sei preoccupata che Asher possa fare qualcosa che mi farà cambiare idea sul matrimonio?"

"No. Beh, forse. Non lo so." Mi rifiuto di guardarlo, anche se riesco a sentire i suoi occhi sul mio volto.

Mi si fa vicino e mi fa sollevare il mento con due dita. Guardo i suoi occhi marroni, così perplessi al momento.

"Che cosa potrebbe fare? Non riesco a immaginare niente di quello che possa fare Asher che potrebbe essere in grado di farmi cambiare idea su di noi. Niente può far mutare ciò che provo qui dentro di me," dice battendosi le dita sul petto. "Lo so che in passato ti ho delusa..."

Gli occhi mi si riempiono di lacrime, il labbro comincia a tremarmi. "La vostra amicizia è così profonda, ne avete passate così tante insieme... come posso sperare di vincere contro tutto ciò?"

Jameson mi sorride. "L'hai già fatto. È quello che non capisci, credo. Io sono tuo, Em. Sono tuo, e lo sarò per sempre. Fine della storia."

"Jameson..." gli sussurro. Sento una lacrima che mi rotola lungo la guancia. Amo quello che sta dicendo ma, allo stesso tempo, ho paura. "Non dirlo. Non penso che tu sia serio, non fino in fondo. E se... e se i miei genitori si comportassero in modo orribile con te? E se Asher smettesse di parlarti? E se..."

Mi interrompo cercando di soffocare un singhiozzo. Jameson mi asciuga la lacrima dal volto con un gesto gentile e mi dà un bacio sulle labbra.

"Shh," mi dice, confortandomi. "Lo so che ti ho fatto soffrire. E vorrei tanto non averlo fatto. È solo che... mi sono reso conto che tu avevi ragione."

Ora sto singhiozzando tra le sue braccia. Quando parlo, le parole escono fuori mezze strozzate, e interrotte dai continui singhiozzi. "D-dici.. sul serio?"

Mi scosta i capelli dalla fronte. "Sì. Mi hai chiesto quando avrei smesso di sentirmi in debito con Asher. Allora non avevo capito, ma poi... mi sono reso conto che avevi ragione. Ho come la sensazione che tu hai sempre ragione, riguardo a queste cose."

Mi accoccolo contro di lui, inspiro il suo profumo. Provo a calmarmi come meglio posso. "Oh."

Mi dà un bacio sulla testa. Provo a conciliare quanto Jameson mi ha appena detto con il tumulto che mi tormenta da un po' di giorni, ma è dura. Mi spingo con forza contro di lui, le palpebre sempre più pesanti.

Alla fine forse mi addormento, perché poi, quando riapro gli occhi, c'è il sole di metà mattina ad accogliermi. Jameson non è nei paraggi. Allungo la mano e noto che la sua parte di letto è ancora calda. Mi metto a sedere, leggermente disorientata.

Jameson entra in camera portando due tazze di caffè. Indosso ha solo i boxer, e per un secondo non posso fare a meno di domandarmi a cosa debbo la mia fortuna.

Voglio dire, questo è l'uomo che mi porterà il caffè a letto per il resto della mia cacchio di vita. Non sembra reale, ma, in qualche modo, sta accadendo proprio a me.

"Ecco," dice porgendomi una tazza. Si siede di fianco a me, guardo il caffè. È fumante, del colore del fango, e ha un odore a dir poco fenomenale.

"Sei sveglio, già in piedi," gli dico lanciandogli un'occhiata sospetta. "Che succede?"

Lui mi sorride. "Mi sono svegliato prima di te. E stavo pensando a quello che mi hai detto ieri notte, che eri ancora stressata dal fatto di doverne parlare con tuo fratello."

Annuisco, soffio sul caffè e ne bevo un lungo sorso.

"Sì. Questa cosa non mi fa dormire la notte. Letteralmente."

Inspira profondamente. "Beh, penso che dovremmo dirglielo, e basta."

Lo guardo, leggermente preoccupata. "Sei serio? Voglio dire, non volevo contagiarti con le mie preoccupazioni."

Jameson mi avvolge il ginocchio con la mano. "Le tue

preoccupazioni ora sono anche le mie. E, inoltre, nascondergli la nostra relazione è una cosa infantile."

Mi succhio il labbro inferiore tra i denti. Ci penso su. "Lo so che hai ragione. Ma sembra così difficile. Tipo... io preferirei evitare, se fosse possibile. Nascondermi sotto queste coperte insieme a te, per sempre, senza uscire mai fuori."

Lui mi sorride. "Sì, piacerebbe anche a me. Ma non è una vera opzione, quindi... è meglio se ci leviamo il pensiero. Voglio dire, posto che tu venga con me. Se io fossi in te, non so se lo farei."

Alzo gli occhi al cielo. "Ovvio che vengo con te. Penso che così almeno ci saranno meno probabilità che finiate col fare a pungi in mezzo alla strada."

"Ehi, l'unica volta che ho fatto una cosa del genere è stato per difendere te," mi dice, ma è chiaro che sta scherzando.

"Ti ho già detto grazie?" gli chiedo sporgendomi in avanti quanto basta per dargli un bacio sulla spalla. "L'ho apprezzato."

"Ricordati di questo sentimento, perché ora penso che dovremmo andare al Cure. Ho scritto ad Asher per chiedergli dov'era, e in questo momento dovrebbe essere lì a fare l'inventario."

Impallidisco, anche se so che non è qualcosa che possiamo evitare. Sospiro. "E quindi per questo mi hai portato il caffè?"

"Sì." Mi dà una pacca sul ginocchio. "E poi faremo qualcosa di divertente. Tipo il minigolf, o i go-kart. Poi vediamo."

Gli lancio un'occhiata. "Il gelato fa parte del programma?"

Mi sorride. "Tutto il gelato di questo mondo."

"Uuuugh, okay. Vado a vestirmi." Gli do una pacca sul culo e mi prendo un altro secondo per ammirare il suo corpo supersexy.

Finisco di bere il mio caffè mentre mi infilo un prendisole di colore blu. Dire che sono nervosa sarebbe un eufemismo. Jameson guida fino al Cure, lo sguardo fisso su un punto lontano. Non posso fare a meno di pensare e pensare e pensare.

Che cosa dirà Asher? Mi sembra improbabile che mi sorprenderà dicendo che va tutto bene e che non ci sono problemi con la nostra relazione.

Guardo Jameson. Onestamente, mi preoccupa ancora di più l'effetto che le parole di Jameson avranno su di lui. A dire il vero, "preoccupa" non è la parola giusta. Sento più una distinta nota di terrore.

Jameson dice tutte le cose giuste, su come lui, con questa relazione, fa sul serio. Ma cosa accadrà se il suo cuore cambierà idea dopo il confronto con Asher?

Jameson parcheggia e io inspiro. Mi conduce attraverso il vicoletto e nel patio, verso le porte a vetri. Usa le sue chiavi per aprile, le spalanca e mi fa entrare per prima.

Metto piede nel Cure, mezza accecata dalle luci che pendono dal soffitto. È un sabato mattina, quindi il bar è completamente vuoto. Ci sono casse e casse di liquori impilate sul bancone, tutte fuori posto.

"C'è nessuno?" dico, facendo del mio meglio per impedire alla mia voce di tremare.

Jameson mi strizza il braccio e mi supera. La testa bionda di Asher spunta fuori dall'ufficio sul retro. Si acciglia. "Jameson, ciao. Che ci fai qui, Em?"

Mi schiarisco la gola e seguo Jameson. "Sono qui con Jameson."

Asher ci guarda, confuso. "Okay?"

"Abbiamo qualcosa da dirti," gli dice Jameson. In volto ha un'espressione imperscrutabile. Sembra si stia approntando per affrontare qualsiasi cosa stia per succedere.

Jameson mi porge la mano. Io la afferro come fosse un salvagente, e io stessi annegando in un vasto mare nero.

"Voi..." Asher esce dall'ufficio, gli occhi puntati sulle nostre mani giunte "No. Impossibile."

Guarda Jameson, esigendo una spiegazione.

"Usciamo insieme," dico io di botto. Jameson mi guarda con la coda dell'occhio.

"A dire il vero, siamo fidanzati," dice Jameson.

Asher sembra stupito per un secondo. Stringe i pugni. "Ma... state scherzando? Perché non è divertente."

"Nessuno scherzo," dico io porgendogli la mano sinistra. "Jameson ha reso il nostro fidanzamento ufficiale un paio di giorni fa."

"Jameson... Emma... ma che cazzo?" dice Asher, sempre più arrabbiato. "Com'è possibile?"

Mi avvicino a Jameson. Ho le guance che mi vanno a fuoco. "Ormai, dopo tutti questi anni, avresti dovuto capirlo, cosa provo per lui."

Jameson interviene: "Mi spiace che abbiamo infranto la tua regola, ma non mi dispiace di aver trovato la felicità con Emma. Lei mi rende felice, Asher."

Per un secondo, penso che Asher stia per uscire fuori di testa. Ogni muscolo del suo corpo si contrae, e sta guardando Jameson come se Jameson l'avesse appena tradito. Quando parla, poi, riesce a malapena a contenere la furia.

"Ormai non ti conosco più," gli dice. "È da un po' che mi sento così..."

"Vuoi dire sin da quando sei tornato insieme ad Evie e non hai più bisogno di me?" dice Jameson ringhiando.

Se gli sguardi potessero uccidere, quelli che si stanno scambiando ora Jameson e Asher sarebbero letali, poco ma sicuro.

Asher si gira verso di me. "I nostri genitori non lo permetteranno mai."

Questo è un colpo basso, persino per lui. Lui con i nostri genitori nemmeno ci parla più! "Veramente? È questa la tua tattica? Invocare ciò che potrebbero fare i nostri genitori?"

"Glielo dirò," mi minaccia. "Gli dirò che sei confusa a tal

punto che stai pensando di sposarti con lui. Lo sai che lui... che lui non è come noi!"

"Cosa, ricco e privilegiato?" gli chiedo. "Jameson per me va benissimo."

Asher guarda Jameson. "In pratica stai facendo sì che il Cure non arrivi alla fine dell'anno. Lo sai, sì?"

"Chi pensi che abbia reso questo posto quello che è? Non tu, poco ma sicuro! Se il Cure va a rotoli, aprirò un'altra attività, una non legata ai soldi sporchi della tua famiglia."

"Voi due mi manderete al manicomio!" ci grida Asher passandoci di fianco, diretto verso la porta principale. "Buona fortuna con questo cazzo di posto."

Asher spalanca la porta e la chiude con forza. Guardo Jameson, gli occhi leggermente sgranati.

"Si è appena licenziato?" gli chiedo.

"Sì, penso di sì," dice Jameson. "E... odio doverlo dire, ma faresti meglio a chiamare i tuoi genitori. Devi dire loro che voglio incontrarli il prima possibile. Penso sia meglio che siamo noi a dirgli tutto, piuttosto che ci pensi Asher."

Oddio. Così avrò un sacco di gente arrabbiata con me in pochissimo tempo. Mi sento un nodo enorme nella gola.

Inspira, espira. Mi mordo il labbro, aggrappandomi al braccio di Jameson. "Va tutto bene?"

Jameson guarda il pavimento. "Sì. Voglio dire, non mi piace che il mio migliore amico si sia comportato in quel modo, ma... va tutto bene."

"Mi dispiace che Asher si sia comportato da stronzo. Non te lo meriti. No, proprio no." Intreccio le mie dita alle sue e gli stringo la mano.

Jameson fa spallucce. "Onestamente, è andata meglio di quanto non mi aspettassi. Pensavo che mi sarebbe saltato al collo, che avrebbe detto delle cose orribili. Invece, si è limitato a dire delle cose orribili."

Gli rivolgo un flebile sorriso. "Lo so. Eppure... mi dispiace."

Si sporge verso di me per un bacio, un bacio lento e bollente che mi fa arricciare le dita dei piedi. "Ho pur sempre te. Asher se lo farà andare bene, prima o poi, o forse no. Ma io ho te. Qui il vincitore sono io, penso."

Lo guardo, raggiante. Sento il cuore gonfio di gioia. "Quanto ti amo..."

"E io amo te. Te lo ripeto, io sono qui per rimanere."

E, per la prima volta, qui in piedi dentro al Cure, mi permetto di credergli.

26

Jameson

Mi raddrizzo di nuovo la cravatta mentre entriamo nel Lyre, il ristorante che i genitori di Emma hanno scelto come luogo di incontro. Emma dice il proprio nome alla cameriera e la cameriera ci conduce attraverso il ristorante. Ho il cuore che mi batte a mille.

Poggio una mano sulla schiena di Emma. Lei indossa un vestito giallo limone, e io un completo elegante. Sto sudando come un maiale, e non solo perché fuori fa caldo. Non lo darò a vedere ma, nella mia testa, sto tremando di paura.

Lo so già come andrà. Con ogni probabilità, i suoi genitori ci vedranno insieme, ci vedranno che ci tocchiamo, e si arrabbieranno. Sapranno chi sono; dopo tutto, mi hanno cacciato dalla loro proprietà in almeno quattro occasioni diverse.

Sapranno che vengo dal nulla. Sapranno che non vado abbastanza bene per Emma, e che la mia infanzia vissuta in povertà è soltanto una delle tante ragioni che mi rendono indegno.

E so anche che Asher avrà già detto loro che il loro denaro di famiglia ha finanziato il Cure. Quindi nemmeno il bar – che è la mia creatura – mi sarà d'aiuto in questo frangente.

Ho dei ripensamenti su me stesso, su chi sono, su questa sfilata in mezzo ai tavoli. Mentre camminiamo, tutto ha contorni sfocati: le tovaglie bianche di lino, i clienti che chiacchierano, il flebile tintinnio di posate e stoviglie che vengono spostate di qua e di là. Ed è solo quando vedo i genitori di Emma che mi accordo che non solo sono stato d'accordo a far diventare realtà il mio peggior incubo, ma che l'ho anche incoraggiato.

Ma che cazzo avevo in mente?

Ma poi ecco lì, gli Alderisi. Albert ha quasi sessant'anni, è alto e pesante e ha le tempie argentate. Nancy è di qualche anno più giovane di lui, ed è sottile come un pugnale nel suo vestitino rosa. Mi si secca la bocca, la mia espressione si fa dura.

Mi vedono. Vedo suo padre che mi guarda mentre tocco la schiena di sua figlia. Ad entrambi gli ci vuole un secondo per identificarmi, ma quando poi lo fanno, suo padre diventa rosso e sua madre allarga le narici, adirata.

Lo so che sono un adulto fatto e finito, ma in questo momento sono anche un ragazzino spaventato e sto pregando che non caccino la mia famiglia via dalla nostra casa temporanea.

Emma drizza la schiena. Albert getta il tovagliolo di lino sul tavolo e fa per alzarsi. Emma gli fa cenno di sedersi.

"Vi ricordate di Jameson, vero?" dice loro.

La guardo, sorpreso dal suo tono a dir poco gelido. Chiude le labbra con forza, in attesa che loro dicano qualcosa. I suoi genitori si limitano a guardarci entrambi in cagnesco.

"Emmaline..." dice sua madre con voce acuta. "È una cosa inappropriata. Dovremmo parlarne in privato, soltanto noi tre."

"Giovanotto, guarda che non inganni nessuno," mi dice suo padre. "Non so cosa pensi di poter fare con la mia bambina..."

"Parla con me!" dice Emma, abbastanza ad alta voce da spingere la coppia del tavolo di fianco a girarsi verso di noi. "Se hai qualcosa da dire a Jameson, puoi dirla a me. Non c'è bisogno di queste scenette."

"Emma..." dice suo padre, alzandosi in piedi. "Giuro su Dio, smettila con questi giochetti. Subito."

Emma assume una posizione offesa. "La nostra è una relazione seria. Più che seria. Ho il suo anello al dito. Ecco quant'è seria."

Nancy sussulta e si copre la bocca con la mano. Albert comincia a sudare, le vene sulla fronte che gli si gonfiano.

"Stai a sentire, ragazzina," dice.

"No!" dice Emma.

"Emma..." provo a intervenire io, ma lei mi lancia un'occhiata che mi fa zittire immediatamente.

"Voi stare a sentire me," dice Emma prendendomi per mano. "Avete già perso Asher con questo atteggiamento, provando a decidere chi si debba sposare. Avete intenzione di punirmi? Non farà altro che farmi allontanare da voi, così come è successo con lui. Siete pronti a farlo?"

Suo padre si incazza. "Tu sciocca piccola..."

"Basta!" grida Nancy attirando su di sé gli sguardi di tutti i presenti. Si alza, piega il tovagliolo e lo poggia sul tavolo. "Vi va di accomodarvi?"

"Col cavolo che si siedono qui con noi!" ringhia Albert.

Nancy lo guarda, e qualcosa passa tra di loro, una sorta di discussione. Dopo un secondo, è chiaro che è Nancy ad uscirne vincitrice. Si gira verso di noi con un sorriso gelido.

"Sedetevi, vi prego." Ci indica le due sedie vuote.

Sbatto le palpebre, confuso. Albert è ancora furioso, rosso

in volto, ma si appoggia allo schienale della sedia e si riprende il tovagliolo con un gesto brusco. Nancy continua a guardarci.

Io guardo Emma, che ha l'aspetto di chi ha appena vinto una guerra. "Ci sediamo?"

"Sì, sediamoci." Mi sorride.

La faccio accomodare e poi mi siedo di fianco a lei. Anche Nancy si rimette a sedere e si poggia il tovagliolo sulle ginocchia.

"Champagne?" ci chiede con un'espressione imperscrutabile. "Bisogna fare un brindisi alle buone notizie, come ad esempio un fidanzamento. Giusto?"

"Giusto," dice Emma. "Dovremmo. Decisamente."

Sua madre schiocca le dita chiamando un cameriere. Quando Emma prende il menu, la vedo che sta tremando. La guardo per un secondo, e poi allungo una mano e le avvolgo le dita tremanti tra le mie.

Emma mi guarda. Per un istante, riesco a vedere tutto quello che ha tenuto nascosto sin da quando siamo entrati in questo ristorante. La paura, il dolore, l'ansia.

Era tanto nervosa quanto me, altrettanto spaventata. Ma, lo stesso, si è fatta valere.

Le do un bacio sulle nocche, contentissimo del fatto che, chissà come, sono riuscito a conquistare questa ragazza tanto incredibile.

E so, nel profondo del cuore, che farò del mio meglio per far sì che sia sempre felice e al sicuro.

Per sempre.

LIBRI DI JESSA JAMES

Cattivi Ragazzi Miliardari
La sua segretaria vergine

Fammi tremare

Brutalmente Sbattuta

Papino

Cattivi Ragazzi Miliardari - La serie completa

Il Patto delle Vergini
Il Professore e la Vergine

La Sua Tata Vergine

La Sua Sporca Vergine

Club V
Lasciati andare

Lasciati domare

Fidanzati per finta

Implorami

Come amare un cowboy

Come tenersi un cowboy

Una vacanza per sempre

Pessimo atteggiamento

ALSO BY JESSA JAMES (ENGLISH)

Bad Boy Billionaires

Lip Service

Rock Me

Lumber jacked

Baby Daddy

Billionaire Box Set 1-4

The Virgin Pact

The Teacher and the Virgin

His Virgin Nanny

His Dirty Virgin

Club V

Unravel

Undone

Uncover

Cowboy Romance

How To Love A Cowboy

How To Hold A Cowboy

Beg Me

Valentine Ever After

Covet/Crave

Kiss Me Again

Handy

Bad Behavior

Bad Reputation

L'AUTORE

Jessa James è cresciuta negli Stati Uniti, sulla costa orientale, ma è sempre stata affetta da una grande voglia di viaggiare.

Ha vissuto in sei stati, ha svolto tanti lavori ma è sempre tornata dal suo primo vero amore – la scrittura. Lavora a tempo pieno come scrittrice, mangia troppa cioccolata fondente, ha una dipendenza da caffè freddo e patatine Cheetos, e non ne ha mai abbastanza di maschi Alpha e sexy che sanno esattamente cosa vogliono – e non hanno paura di dirlo. Uomini dominanti, Alpha da amore a prima vista, sono i protagonisti delle storie che ama leggere (e scrivere).

Iscriviti QUI per la Newsletter di Jessa:
https://bit.ly/2xIsS7Q

www.ingramcontent.com/pod-product-compliance
Lightning Source LLC
LaVergne TN
LVHW011828060526
838200LV00053B/3941